情があって、綺麗ですね」
花火と一緒に 映る愛理沙も綺麗だが、
月明かりに照らされている愛理沙もとても美しい。
お見合いしたくなかったので、無理難題な条件をつけたら同級生が来た件について 2
雪《ゆき》城《しろ》愛《あ》理《り》沙《さ》

「い、今のは、び、び、びっくりしただけです。
心構えができていれば、怖くないです」

「お菓子をくれなきゃ……悪戯しちゃう、ニャン」

「……抱きしめて、良いかな」

「良いですよ」

愛理沙はそう言って、両手を広げた。

温かかった。

柔らかかった。

美しい亜麻色の髪からは、とても良い香りがした。

お見合いしたくなかったので、無理難題な条件をつけたら同級生が来た件について2

桜木桜

角川スニーカー文庫

22806

Contents

story by sakuragisakura
illustration by clear
designed by AFTERGLOW

第一章　〝婚約者〟の料理

「あのー、兄さん。盛り上がっているところ、大変、申し訳ないのですが」

非常に申し訳なさそうな声を聞き、由弦《ゆづる》は我に返った。

愛理沙《ありさ》もまた同様で、まるで弾《はじ》けたように由弦から距離を取った。

そして顔を赤くし、俯《うつむ》く。

「あー、どうした、彩弓《あゆみ》。何か用か」

声の主は、由弦の妹。

高瀬川《たかせがわ》彩弓だった。

揶揄《からか》っているわけではなく、本当に申し訳なさそうな声音と表情なのが、余計に気恥ずかしい。

「うん、というか正確には愛理沙さんに伝えなきゃいけないことがあるんだけど」

「私ですか。はい、何でしょう」

愛理沙はわざとらしく咳払《せきばら》いをしてから、彩弓に向き直った。

表情はいつもの平静なものに戻っている。

……顔は赤いままだが。

「大変ですよ、愛理沙さん。電車が止まってしまいました」

「「え？」」

※

彩弓の説明によると、つい先ほどちょっとした事故が発生したらしい。

幸いにも死者は出ていないが……そのせいで電車が一時的に止まってしまったようだ。

復旧の目処《めど》は現状では立っていない。

もし復旧できたとしても、非常に混み合うのは間違いない。

「それで、どうしようか、愛理沙さん。私としては……真夜中の満員電車の中、いろいろと危ないし、君を帰したくはないんだけどね」

由弦の父。

高瀬川和弥《かずや》は穏やかな、しかし強い口調で愛理沙にそう言った。

護衛として由弦を付けるにしても、満員電車は危険が多い。

「そう……ですね。でも、そうなるとどう帰れば良いか……」

「車で送るのが最善だと、私は思うよ」

こんな時間に運転手には悪いけど。

と、和弥は呟《つぶや》く。

当然のことながら、高瀬川家は専属の運転手を雇っているのだ。

しかし……

「でも道路も混み合っているんじゃない？　遅くなっちゃうわよ」

由弦の母。

高瀬川彩由《さより》は道路の交通状況への懸念を口にした。

元々、この祭りに集まった人たちによって道路は渋滞気味。

これに加えて、電車が止まった影響でタクシーや送迎などを頼んだ人の車が増えるのだから混み合うのは間違いない。

「と言っても、母さん。徒歩で帰るわけにもいかないし、電車で帰らせるわけにもいかないし、車が一番妥当じゃないか？　なぁ、愛理沙」

由弦は当事者である愛理沙に尋ねる。愛理沙は小さく頷《うなず》いた。

「はい、事故なら仕方がないことですし……由弦さんと高瀬川家の皆さまにはご迷惑をお掛けしてしまいますが、送っていただけると助かります」

すると彩弓はニヤニヤと笑いながら、チャチャを入れた。

「あれ？　さっきまでは苗字《みようじ》呼びだったのに。いつの間に名前で呼ぶようになったの？　随分と仲良くなったねぇ。抱き合ってたけど、何してたの？」

揶揄うように言う彩弓の言葉に、由弦は顔が熱くなるのを感じた。

愛理沙もまた先ほどの自分の醜態を思い出したのか、恥ずかしそうに俯いている。

「これはまた……」

「あらあら」

苦笑する和弥に、楽しそうに笑う彩由。

由弦はわざとらしく、咳払いをする。

「今は、どうでも良いだろう。それよりも愛理沙の帰りの手段だ。車で帰るなら、早く出た方が……」

「私、名案を思い付いちゃったんだけど、良いかな？」

由弦の言葉を遮るように、彩弓が言った。

全員の視線が彩弓に集まる。

「泊まっていくってのは、どう？」

得意そうに彩弓は言った。

何を言っているんだと、由弦は眉を顰《ひそ》める。

「いや、そんなこと……」

「別に良いじゃない。同じ部屋で寝るわけでもないし。それに車でも、深夜は危険でしょ？　運転手にも悪いしさ。愛理沙さんも疲れちゃう。一晩泊まってから、余裕を持って帰るべきじゃない？」

彩弓の提案は理に適《かな》っているように思えた。

由弦と愛理沙が二人だけで寝泊まりするとなればとんでもない話だが、しかし両親と妹がしっかり監視している以上は間違いなどは起こらない。

そもそも由弦と愛理沙は恋人同士（ということになっている）なのだから、間違いが起きても、許される……わけではないが、同じ屋根の下で眠る程度は問題ないだろう。

「だが、着替えとかはどうするんだ？　愛理沙は洋服と浴衣しか持ってないぞ」

具体的には言わなかったが、女の子としては同じ下着で一晩を過ごすのは嫌だろう。

洋服では寝にくいだろうし、浴衣は皺《しわ》になると良くないが……かと言って愛理沙は寝間着を持っていない。

「寝間着はお母さんのを借りれば良いでしょ？　下着とかは、コンビニで売ってるし。タオルと布団はあるから。一晩くらいなら、問題ないと思うけど」

「確かに……それもそうか」

由弦はそう呟いてから、和弥と彩由の方を見た。

二人は揃《そろ》って、頷いた。

「私はどちらでも、構わないよ」

「私は泊まっていって欲しいわぁ。愛理沙ちゃんから、もっと由弦のことを聞きたいし」

二人の許可が出たので、由弦は愛理沙の方を見た。

「だ、そうだ。君が嫌でなければ、泊まっていってくれて構わない。迷惑とかは考えず、好きな方を選んでくれ。……どうかな？」

「……そう、ですね」

少し考えてから、愛理沙は頷いた。

「じゃあ……お言葉に甘えさせていただきます」

かくして愛理沙のお泊まりが確定した。

※

愛理沙と和弥が、天城《あまぎ》直樹《なおき》に連絡を取ると、彼は「高瀬川さんならば娘を任せられます」とあっさりと愛理沙の外泊を認めた。

それから彩由が付き添う形で、近くのコンビニで下着などの最低限のモノを購入。

すでに夕食は祭りでの食べ歩きで終えているので、お風呂に入ることとなった。

そして……

「私の浴衣だけど……どうかしら？　愛理沙ちゃん。サイズは大丈夫？」

「はい。丁度良い感じです」

愛理沙はそう答えた。

愛理沙が着ているのは、彩由が寝間着として利用している浴衣だ。

祭りなどの晴れの日に着るような美しいものではなく、小豆色の非常に地味なもので、柄もない。

風呂上がりだからか、愛理沙の亜麻色の髪は湿り気を帯びている。

肌はほんのりと薔薇《ばら》色《いろ》に色づき、血色も良い。

そのせいか、少し……いやかなり艶っぽく見える。

加えて、愛理沙は「丁度良い感じ」と答えたが……微妙にサイズが合っていないような気がした。

特に胸の大きさが、合っていない。

少し苦しそうな形になっており、胸の辺りが苦しそうに見える。

もっとも、愛理沙はそこまで気にしてはいないようだ。

というより、そもそも和服を着た経験が少ないせいか「そういうものか」と受け入れてしまっているように見える。

「じゃあ、由弦。次はあなたがお風呂に入ってきて。その間、私たちは愛理沙ちゃんから由弦の話を聞くから」

「はいはい。……愛理沙、あまり変なことは言わないでくれよ？」

「由弦さんの名誉はしっかり守ります」

その言い方だと不名誉なことがあることを、彩由たちに話しているようなものである。

とはいえ、由弦の記憶の範囲内では家族に知られたくないようなものはない。

由弦は手早く、風呂に入ってしまうことにした。


風呂から出て居間に戻ると、愛理沙と高瀬川一家は大盛り上がりをしていた。

どうやら愛理沙が持ってきたお土産を茶請けに、由弦の過去で話が弾んでいるらしい。

「ああ、兄さん。今、兄さんの話をしていてね」

「それは分かる。何の話をしているんだ？」

由弦はそう言いながら、愛理沙の隣に座り、テーブルの中央に盛られているお菓子に手を伸ばす。

包み紙を外し、口に運ぶ。

どうやら冷やして食べるタイプの洋菓子のようだ。

こういうセンスは悪くないのだなと、由弦は愛理沙の養父に対する評価を上げる。

勿論《もちろん》、人格を抜きにした能力の話だが。

「由弦が昔から、まともに片付けをやらない子だったという話だ。玩具《おもちゃ》を出したら、散らかしっぱなし。ゲームも遊んだら、放りっぱなし」

「遊んだモノを片付けるように躾《しつ》けるのは、苦労したわ。玩具を一つ、箱に戻すだけでも大袈裟《おおげさ》に褒めてあげたりしてね」

「「ねぇー」」などと、和弥と彩由は楽しそうに語る。

さすがの由弦も出した物を片付けるくらいはできるので、おそらくは幼稚園か小学校に入学したばかりの頃の、それくらい幼い時の話をしているのだろう。

「子供なんて、みんなそんなものだろう。……そこに楽しい要素があるのか？」

麦茶を飲みながら、由弦は尋ねる。

すると和弥と彩由は顔を合わせ、楽しそうに笑った。

「玩具は片付けられるようになったが、自分の部屋は片付けられなかっただろう？」

「俺が俺の部屋で何をしようと勝手だ！　って言って、掃除もさせなかったし」

「……それが何だよ」

何となく、話の方向が読めてきた気がした。

少し前までの由弦は、自分のプライベート空間の片付けなどはまともにやらないような人間だったのだ。

だが、今は違う。

愛理沙と出会ってからは、部屋を掃除するようになったのだ。

「どんな風に愛理沙さんに〝躾けて〟貰《もら》ったのかと思ってね」

「私があれだけ言ってもダメだったのに、恋人に言われてからちゃんとするようになったなんて。お母さん、嫉妬しちゃうわぁ」

「愛理沙さんに、お片付けできて偉いねぇーって、良い子良い子でもして貰ったの？　兄さん」

和弥、彩由、彩弓は由弦を揶揄うように言った。

さすがの由弦もこれだけ言われると恥ずかしいし、少し苛《いら》立《だ》つ。

そしてこの話をしただろう愛理沙を見ると……彼女は申し訳なさそうに縮こまった。

「す、すみません。その、悪気はなかったというか……今の由弦さんは自分の部屋を掃除するくらい立派な方になったと、説明したつもりだったんです」

「……まあ、君は悪くない。悪いのはこいつらだから」

由弦は愛理沙を慰めてから……両親と妹を軽く睨《にら》む。

とはいえ、部屋の掃除をしてこなかったのは事実であり、その点に関しては両親に反論はできない。

なので……

「彩弓、お前だってまともに掃除できない、汚部屋状態だろう」

「に、兄さん！　私の部屋、勝手に覗《のぞ》いたの⁉」

「いいや、想像を語っただけだ。でも、その様子だと図星だったみたいだな」

げぇっ、と彩弓の表情が歪《ゆが》む。

彼女は慌てて首を左右に振った。

「ち、違うもん。汚くないし！」

「じゃあ……愛理沙と母さんに確認してもらおうか？　同性なら良いだろう」

「だ、ダメ！　プライバシーの侵害だもん‼」

由弦と彩弓がそんなやり取りをしていると……

くすくすと、愛理沙が楽しそうに笑った。

「あぁー！　愛理沙さん、酷《ひど》い！　笑った‼」

「ふふ、すみません。仲が良いんだなと、思いまして」

そういう愛理沙はとても楽しそうで、しかしその表情には少しだけ憧憬の色があった。

※

愛理沙と高瀬川家の団欒《だんらん》が終わるころには、時計の針は十二時を回っていた。

　由弦は来客用の部屋へと愛理沙を案内し、押し入れから布団を取り出す。

「すみません。敷いて貰っちゃって」

「気にするな。君はお客さんなんだしね」

　布団を敷き終えてから、由弦は愛理沙に尋ねる。

「トイレの場所は分かるよな？」

「はい。それは大丈夫です」

「そうか。もし喉が渇いたら、冷蔵庫を勝手に開けて、麦茶を飲んでくれて良いよ。……他に気になることはあるかな？」

　由弦がそう尋ねると、愛理沙の顔に迷いの色が浮かんだ。

　それから不安そうに天井へ、電灯へと視線を向ける。

「その、ここって……オレンジ、あります？」

「オレンジ？　……常夜灯か？　明るいやつと暗いやつの中間」

「そう、それです」

　こくこくと、愛理沙は頷いた。

　酷く不安そうに、そして恥ずかしそうに由弦に告白する。

「わ、私……暗いのが苦手で。その、常夜灯じゃないと寝られないのですが……あ、ありますか？」

「それは安心してくれ。はい、これ、リモコン」

由弦は照明のリモコンと、そしてついでに空調のリモコンも渡した。

愛理沙は照明へリモコンを向け、ボタンを押す。

少しだけ暗くはなったが……

オレンジ色の灯《あか》りで周囲を確認できる程度には明るい。

ホッと、愛理沙は小さなため息をついた。

「じゃあ、愛理沙。おやすみ……もし何かあったら、俺の部屋に来てくれ」

「はい、分かりました。おやすみなさい」

由弦は愛理沙に手を振ると、襖《ふすま》を閉めた。

※

「うん？」

深夜。

由弦はふと、目を覚ました。

携帯の音が鳴っていることに気付いたからだ。

半分寝惚《ねぼ》けながらも携帯を見ると……愛理沙からメッセージが届いていた。

真夜中に申し訳ないが、自分が寝ている部屋に来てほしい。

そんな内容が書かれていた。

「うん……用があったらこっちに来てくれと言ったような気がしたんだが……」

言い忘れただろうか？

と由弦は内心で首を傾《かし》げながらも、愛理沙のところへと向かう。

家族を起こさないように注意しながら、由弦は客間へと向かった。

愛理沙の部屋は明るく、電気がついていた。

襖を開けると……

「ひぅ！　あ、由弦さん……」

ビクリ、と体を震わせ……

そしてどこかホッとした表情を浮かべる愛理沙がいた。

「どうした？　愛理沙。何か、あったか？」

「あ、あの……本当に、こういうことをお頼みするのは、ちょっと、どうかと思うんですけれど……」

愛理沙は恥ずかしそうに頬《ほお》を赤らめ、もじもじとしだした。

僅かに乱れた浴衣の隙間から、白い肌と下着が見えた。

由弦は思わず、生唾を飲んだ。

「どうしたんだ？」

「その、お、お手洗いについていって欲しいなと……」

「トイレ？　……場所、教えてなかったっけ？」

ゲスト用の寝室近くのトイレの場所については、愛理沙に伝えたはずだ。

説明が分からなかったか。それとも忘れてしまったのか。

由弦は首を傾げる。

「い、いや……その、教えていただいた場所は覚えているのですが……」

「うん」

「そ、その……こ、怖くて……」

恥ずかしそうに愛理沙は目を伏せながら言った。

「……なるほど」

常夜灯がついていないと寝られない愛理沙が、一人で暗闇の中、トイレへ向かうのは難しいかもしれない。

しかし、ふと疑問が浮かぶ。

電気を付ければ良いじゃないか？　と。

由弦がそれについて尋ねる前に、愛理沙はまるで言い訳をするように言い繕った。

「そ、その、照明の電源の場所も、少し分からなくて……それにあまり灯りを付けると、ご迷惑かなと……」

「そういうことか」

土地鑑――土地ではなく建物だが――がない愛理沙が、暗闇の中で照明の電源を探すのは少し難しいだろう。

携帯でメッセージを送ってきたのも、由弦の部屋まで辿《たど》り着《つ》けなかったからだろう。

これは由弦の配慮不足だ。

「すまなかった。まあ、でも一応言っておくと……この部屋と、俺たちの寝室は結構離れているし、トイレも複数あるから、大声で騒がない限りは大丈夫だよ」

愛理沙に貸し与えている部屋は、来客用の寝室だ。

高瀬川邸には来客用の寝室や客間が複数、存在する。

そして当然、来客用のトイレもある。

「あ、ああ……そ、そう言われてみれば、そうですね。……すみません」

「いや、大丈夫だよ。俺がもう少し、説明していれば良かった。一緒に行こうか」

由弦がそう答えると、愛理沙は小さく頷いた。

二人で照明を付けながら、トイレまで向かった。

用を済ませた愛理沙は、小さく由弦に頭を下げた。

「……ご迷惑をおかけしました」

今更ながら恥ずかしくなってきた様子で、耳まで真っ赤だ。

「まあ、苦手な物の一つや二つ、誰にでもあるさ」

由弦は愛理沙を慰める。

そして今度は照明を消しながら、元来た道を戻るのだが……

ギィィィ……

廊下が僅かに、軋《きし》む音を立てた。

「ひぃゃあ！」

すると愛理沙は素っ頓狂な声を上げて、由弦に抱き着いた。

無我夢中という様子で、由弦の体を抱きしめてくる。

「お、おい、愛理沙……」

次に驚いたのは、由弦だ。

突然、腕に柔らかい感触の物が押し当てられたのだから。

薄暗く、視界不良なのも余計に触覚を過敏にさせ、そして想像力を掻《か》き立てる。

「そ、その……じ、実は理由が、もう一つ、ありまして……」

「理由？」

「そ、その……最初は一人でも、頑張れるかなと、思っていたんですけれど。そ、その、雰囲気があるなと思ったら、きゅ、急に怖くなっちゃって……」

「……雰囲気？」

由弦の脳裏にクエスチョンが浮かぶ。が、すぐに合点がいった。

要するに、この家はお化けが出そうな雰囲気があると、愛理沙は言いたいのだ。

「そ、その、嘘《うそ》を言うつもりはなかったんですけれど、そ、その、こういうことを言うのは、し、失礼かなと……」

別に詰問しているわけでもないのに、言い繕い、弁解する愛理沙。

愛理沙は決して嘘はつかないが……自分の本当の気持ちに関しては、相手に〝配慮〟して言わないことがあるようだ。

そして今更ながら、罪悪感が湧いてきたのだろう。

難儀な性格だ。

「雰囲気、か。その発想はなかったな」

「そ、その、決して由弦さんのお家を……」

「でも、言われてみれば〝出そう〟では、あるな。古い家だし」

由弦はそう言って笑った。

愛理沙のこの〝嘘〟に関しては、冗談として扱ってあげることにする。

とはいえ、愛理沙に言われて〝出そう〟だと思ったのは本当だ。

古い木造の屋敷なので、夜になればそれなりにそういう雰囲気がある。

先ほどのように、軋んだりするのも事実だ。

それに古い物には、何かが〝憑《つ》く〟というのが日本の八百万信仰だ。

座敷童《ざしきわらし》の一体や二体、いてもおかしくはない。

「も、も、もしかして、で、出るんですか⁉」

「いや、俺は今までの人生で出会ったことはないから。出ないとは思うけど」

「そ、そうですか。……それなら、良いのですが」

そうは言いつつも、怖いらしい。

ギュッと由弦の腕を摑《つか》んで、離さない。

（……不味《まず》いな。いろいろと）

愛理沙の肌の柔らかさと温かさが、薄い布越しに伝わってくる。

これは絶妙に由弦の本能を刺激した。

暗闇ということもあり、「どさくさで触っても許されるのではないか？」とそんな邪《よこしま》な考えが思わず脳裏を過る。

それに怖がっている愛理沙を一人置いていくのも、忍びない。

かと言って、一晩中愛理沙と一緒にいるというわけにもいかない。

そこで……

「愛理沙、せっかくだし月でも見てから、寝ないか？」

「……はい？」

由弦は来客用の寝室からそれほど離れていない縁側まで、愛理沙を案内した。

そこからは庭と、そして池が見える。

それに……池に映る、月も。

「そこそこ、良い〝雰囲気〟だろう？」

「そうですね……綺麗《きれい》です」

由弦の言葉に同意するように、愛理沙は小さく頷いた。

高瀬川邸の庭は、専属の庭師が常に整備している。

だからとても景色が良い。

「花火の時は気付きませんでしたけど……静かで、風情があって、綺麗ですね」

そう言って愛理沙は目を細める。

亜麻色の髪が月明かりに輝き、金色に見えた。

花火と一緒に目に映る愛理沙も綺麗だが、月明かりに照らされている愛理沙もとても美しい。

由弦は少し胸がドキドキするのを感じた。

とはいえ……これで少しは恐怖が薄れただろう。

「気に入っていただけて、幸いだ」

由弦と愛理沙は向かい合って笑った。

そして月明かりで……愛理沙の胸元が見えた。

由弦は慌てて目を逸《そ》らした。

愛理沙は不思議そうに首を傾げた。

※

「ん……まだ少し眠いな」

朝、目を覚ました由弦は若干の気怠《けだる》さを感じていた。

元々、朝はあまり強くないのだが……昨日は歩き回った上に夜遅くまで話し込んでいたので、余計に眠たい。

二度寝したいところだが……

「そうだ。今日は愛理沙がいるんだっけ」

あまり彼女にみっともないところは見せられない。

そう考えた由弦は起き上がり、顔を洗いに行くことにした。

廊下を歩いていると……

「ふぁぁ……あ、由弦さん。おはようございます」

丁度、愛理沙に出くわした。

どうやら彼女も寝起きらしく、目がしょぼしょぼしている。

その上、長い髪は寝癖でボサボサになっていた。

普段は完璧な愛理沙のだらしない姿は新鮮ではあるが……

「由弦さん？　どうしましたか？」

由弦が思わず愛理沙から目を逸らすと、彼女は不思議そうに首を傾げた。

由弦は自分の浴衣の胸元を摑みながら、愛理沙に言った。

「……直した方が良いぞ」

愛理沙はまず由弦の浴衣に視線を移し、それから自分の浴衣へと視線を下ろす。

そして頰を赤らめた。

というのも浴衣が僅かに乱れ、柔らかそうな双丘と深い谷間、そして清楚《せいそ》な白い下着が覗いていたからだ。

それだけではなく、帯も緩んでいる様子で、真っ白い脚が露《あらわ》になってしまっている。

あともう少し乱れれば、ショーツまでも見えてしまっていただろう。

……というより、チラチラ見えていた気がしないでもない。

「す、す、すみません!!」

愛理沙は大慌てで浴衣を直そうとする。

が、乱れかけているものを強引に取り繕おうとすれば余計に乱れてしまうのは道理だ。

由弦は慌てて、背を向けた。

背後から愛理沙の悲痛な悲鳴が聞こえてくる。

由弦は近くにあった部屋を指さした。

「そこ、今は誰もいないから。落ち着いて直すと良い」

「は、はい！　し、失礼しました！」

背後から襖を閉める音がした。

ゆっくりと、後ろを振り向く。そこには愛理沙の姿はなかったが……

「ありゃりゃ……」

廊下に一本、紐《ひも》のようなものが落ちていた。おそらくは浴衣の帯だろう。

由弦はそれを拾い上げ、襖を少しだけ開ける。中は覗かず、帯を持った手だけを入れた。

「愛理沙、忘れ物」

「す、すみません！　本当に、すみませんっ！」

帯を渡すと、由弦はきちんと襖を閉める。

そしてドキドキと高鳴る胸を押さえながら、呟いた。

「おかげで目が覚めた」

実に刺激的な朝だったと、しみじみと思った。

※

「朝ご飯まで用意していただいて……申し訳ありません」

朝食の席で、愛理沙は彩由に対して頭を下げた。

彼女の計画では、朝早く起きて彩由を手伝う予定だったようだが……少し寝坊してしまったために、それは叶《かな》わなかった。

「良いのよ。愛理沙ちゃんはお客さんですもの」

ニコニコと彩由は笑顔でそう答えた。

それから気にせず食べてくれと、愛理沙に促した。

愛理沙が箸を手に取るのと合わせ、由弦も食事を始める。

今日は愛理沙がいるので、おかずは一品多いが……味はいつもの通りだった。

「お魚、ふっくらと焼けてて美味《おい》しいですね」

「あら、愛理沙ちゃん。お目が高いわね。実は最近、グリルを最新のモノに変えてね」

嬉《うれ》しそうに自分の家の調理器具の優秀さを誇り始める彩由。

味噌汁《みそしる》の味等については敢《あ》えて触れない辺り、愛理沙は正直者だ。

「高瀬川さんのお家、本当に大きいですね。お掃除、凄《すご》く大変ではないですか？」

普段、家では家事をしている愛理沙にとって、大きな家を見てすぐに浮かぶ感想は「お掃除大変そうだな」のようだ。

その純粋な疑問を彩由に問いかける。

「そうでもないわよ。そういうのはお手伝いさんがやっているし」

「あぁ……やっぱり、いるんですか？」

「勿論。犬四頭の世話も合わせて、こんな広い家を一人で家事なんてしたら、私、過労死しちゃうわぁ。仕事もできないし」

愛理沙は愛想笑いを浮かべていたが……由弦だけが、気付いた。

「仕事もできない」という発言で、愛理沙は少しだけ驚いたのだ。

……専業主婦だと思われていたようだ。

まあ見た目と雰囲気からして、彩由はのんびりとした人で、少なくとも社員をやっているようには見えないだろう。

ちなみに由弦の母の仕事はアメリカ文学の大学教授である。

「お手伝いさんは……どこにいらっしゃるんですか？」

「土日だからお休みよ。うちは週休二日の八時間労働、有休アリだから」

ちなみにそのお手伝いさんの名前はそれぞれ、鈴木、佐藤、田中と言う。

もっとも今日中には帰る愛理沙と会うことは、今のところないだろう。

「そうだ、愛理沙さん。どうですか？　お母さんの料理。美味しいですか？」

愛理沙にそんな質問をしたのは、彩弓だった。

何かを企《たくら》んでいるのか……その表情には怪しい笑みが浮かんでいる。

「え？　あ、はい。勿論……美味しいです」

「さっき、美味しいって言ってただろう」

何かを企んでいる様子の小姑《こじゅうとめ》に対して由弦は言った。

が、彩弓はそれを無視した。

「いや、兄さんがお母さんの料理よりも愛理沙さんの料理の方が美味しいって、以前言ってたから、気になりまして」

彩弓の言葉に愛理沙は表情を強張《こわば》らせた。

自分の料理を比べられた彩由が気を悪くしないかと、心配しているのだろう。

そしてジト目で由弦を睨んだ。

由弦は思わず目を逸らす。

「そう言えば、そんなこと言ってたわねぇ。由弦ったら、愛理沙ちゃんに胃袋を掴まれちゃってるのよ。私、嫉妬しちゃうわ」

おどけた調子で彩由は言った。

それから愛理沙に対し、パチッとウィンクをする。

別に全然気にしてはいないから、萎縮しなくて良い。

そういう合図だ。

それによって愛理沙は僅かに表情を緩めた。

「……その、お料理というか、味覚には好き嫌いがありますから。彩由さんのお料理からは愛情が感じられます。私はとても美味しいと思います」

愛理沙はそう言って彩由を立てるが……

すっかり小姑気分の彩弓は、そんな無難な言葉を求めてはいないらしい。

「私、愛理沙さんの料理、食べてみたいなぁー。昼食か夕食、作れませんか？」

「えぇー、い、いや……それは……」

すると今まで黙っていた和弥が、彩弓を睨む。

「彩弓、愛理沙さんが困っているだろう。……やめなさい」

一方で由弦は愛理沙に語り掛ける。

「彩弓の我《わ》が儘《まま》なんて、無視してくれて良いから。気にするな」

だが彩由は彩弓と同様に、興味が抑えられない様子だった。

「私は……やっぱり気になっちゃうわぁ。息子が絶賛するお料理。もし本当にお上手なら、私が習いたいくらいだし。……でも、無理強いはできないわね」

とは言いつつも、期待の眼差《まなざ》しで愛理沙を見た。

彩弓、彩由の二人から期待の目で見られた愛理沙は……

顔を赤らめ、縮こまりながら頷いた。

「わ、私の、お料理なんかで良ければ、お作りしますけど……」

「「作戦、成功!!」」

パチン、と彩由と彩弓は手を合わせた。

※

「本当に申し訳ない」

朝食後。

由弦は愛理沙に割り当てられた客間で彼女と二人きりになると、膝を折って頭を下げた。

「君に料理を強制するようなことになってしまった」

「そんな、由弦さん。大袈裟ですって。やめてください」

端整な顔が急に近くに現れる。

愛理沙が由弦の顔を覗き込んだのだ。

思わず、由弦は飛びのくように顔を上げた。

「私、全然気にしていませんから」

「いや、しかし……」

「この程度のことでお返しになるなら、私は喜んでお料理を作りますよ」

愛理沙は微笑《ほほえ》んだ。

その表情から彼女が本当に怒っていないことが分かる。

「……そう言っていただけるとありがたい。君の料理について、軽い気持ちで吹聴《ふいちょう》したことも合わせて謝るよ」

一般的に、息子から「嫁《よめ》の方が料理が上手だ」と言われたら母親はムッとするものだ。

嫁姑問題の火に油を注ぐような行為だった。

仮に母親から息子に尋ねたことであっても、軽率に答えるべきではなかっただろう。

もっとも……由弦と愛理沙は結婚するつもりはないので、嫁姑問題は起こらない。

加えて彩由はそういうことで怒らない人間であると、少なくとも由弦は信じていた。

そういう背景はあるのだが……

しかしそれを抜きにしても、余計なことは言わない方が良かっただろう。

「そう……ですね。由弦さんが私のお料理について話していたと知った時は、ちょっと恥ずかしいなと思いました」

愛理沙は肌を僅かに紅潮させ、頬を掻きながら言った。

それから上目遣いで由弦を見上げ、もじもじとし始める。

「でも、嬉しかったです。本当に……そう思っていてくれたって、分かったので」

「俺は前から君に、美味しいと伝えていたような気がするけどね」

「作ってくれたものに、不味いなんて言う人、あまりいないでしょう？」

一般的に、相手が作った料理に対して不味いなどとケチを付けることはマナー違反だ。

勿論、飲食店で食べた物について、後で批評することは何の問題もないことだが……

愛理沙は由弦に対し、無償で料理を作ってくれているのだ。

常識的に考えて、「美味しい」と答えるのは当然のことだろう。

「勿論、由弦さんがお世辞で言っているわけではないことは、分かっていました。たくさん、お代わりしてくれていましたし。だから……つまり、ご家族に自慢したくなるほど、私の料理を美味しいと思ってくれていたと。そう、改めて知れたことが嬉しかったです」

それから愛理沙は小さく、ため息をついた。

「愚痴を言っても、良いですか？」

「気の済むように吐き出してくれ」

由弦はそう言って大きく頷いた。

愛理沙は消え入りそうな声でお礼を言ってから、思いの丈を吐き出す。

「私の家族は……家族と言えるかどうかは分からないですけど、あの人たちは、美味しいなんて、一言も言ってくれないんです」

どんよりと、愛理沙の瞳が曇る。

俯いて、苦しそうな声で告白する。

「私、本当は……お料理を作るの、好きじゃないんです。無理矢理《むりやり》やらされて、いえ、すみません。これは卑怯《ひきょう》な言い方ですよね。別に料理をしろと、直接言われたことはありません。でも、家では私が作るのが当然になっていて……だから断れないんです」

そして自嘲するような笑みを浮かべる。

小さく肩を震わせながら、笑みを浮かべるその姿は見ていてとても痛々しかった。

「怒られたくなかったからなんです、お料理が得意になったのは。全部、全部そうなんですよ。私自身が自発的にそうしたいとか、そうじゃなくて……ただ怖かったから。誇れるようなものじゃ、ないんです」

それから愛理沙は深いため息をついた。

そして潤んだ瞳で由弦を見つめ、笑みを浮かべた。

その笑みは無理に明るく振る舞おうとしているようで、僅かに引《ひ》き攣《つ》っていた。

「だから、由弦さんに褒めていただいて、とても嬉しかったです。お世辞だとしても。その後、本当に由弦さんが美味しいと思ってくれていると分かって、本当は飛び上がりたくなるくらい、嬉しかったんですよ。……初めてだったんです」

愛理沙の目尻から、一滴の涙が流れ落ちる。

それでも笑みを浮かべながら、愛理沙は言った。

「自分からお料理を作りたいと、そう思えたのは。あなたに食べて欲しくて、毎週、通っていました。初めて、お料理が上手で良かったなと、思えました。だから……」

「愛理沙」

由弦は小さく、彼女の名前を呼んだ。

そして少し驚いた表情の彼女を抱きしめた。

彼女の顔を自分の胸に押し当てる。

愛理沙はされるがままになっていた。

優しく愛理沙の髪を撫《な》でる。

「頑張ったね」

「……はい」

しばらくの間、愛理沙は由弦の胸元を濡《ぬ》らした。

嗚咽《おえつ》が聞こえたのは、時間にして数分ほど。

すぐに彼女は顔を上げ、目尻に浮かんだ雫《しずく》を指で拭った。

「ダメですね……由弦さんと一緒にいると、涙が出てしまいます」

「それは、俺が悪いってことかな？」

由弦が冗談半分に尋ねると、愛理沙はくすりと笑ってから答えた。

「そうですね。由弦さんは悪い人です……甘えたくなってしまいます」

鬱々としたものを吐き出したからだろうか。

先ほどよりも愛理沙の表情は晴れやかだった。

「全く、由弦さんのせいで話の腰が折れてしまいました」

「おっと、すまない。……それで、何だっけ？」

由弦がそう尋ねると……

愛理沙は口籠もり始めた。

「えっと……その、ですから、由弦さんにお料理を作るのは、その、楽しいです。あなたに美味しいと言って貰えるなら、いくらでも、……お作りします」

そう言ってから、愛理沙は顔を真っ赤にした。

自分が少々、危うい発言をしたことに気付いたらしい。

大慌てで手を振りながら、否定する。

「あ、あの、今のはですね！　これから毎日あなたに味噌汁を作るとか、そういうのじゃなくて！」

「あ、ああ……うん、それは言わなくても、分かっているよ」

由弦は自分の顔が熱くなっていくのを感じた。

別に由弦も愛理沙が自分にプロポーズをしたなどとは思っていないのだが、そう露骨に恥ずかしがられると、こちらまで恥ずかしくなってしまう。

「例えるなら、そうです、猫の餌やりです。美味しそうに食べているネコちゃんは可愛《かわい》いみたいな。分かりますか？」

「それはいくら何でも、酷いぞ」

俺は野良猫か。

と由弦は抗議の声を上げる。

しかし客観的に見てみると、餌付けされてしまった猫のように見えなくもない。

というより、完全にそれだ。

案外、その例えは的を射ているなと。

由弦は自分でそう思いながら、少し情けない気持ちになった。

「と、とにかく、由弦さんに料理を作ることは嫌ではないです。ですから、由弦さんのご家族にお料理を振る舞うことも吝《やぶさ》かではないです。分かってくれましたか？」

「にゃー」

「ふざけないでください」

ピシャリと愛理沙に叱られ、由弦は肩を竦《すく》めた。

※

話し合いの結果。

昼は彩由の作ったそうめんなどの軽めの食事にし、夕方の少し早い時間に愛理沙が夕食を作るということに決まった。

そして昼食後のこと。

「それで、愛理沙様。何を買いましょうか」

スーパーを訪れた由弦は愛理沙にそう尋ねた。

当然のことながら、由弦は普段から愛理沙の買い物について行き、荷物持ちに徹している。

今回は由弦のせいで愛理沙に家事労働をさせることになったのだから、〝お付きの人〟として来るのは当然のことだった。

「夏ですし、夏野菜が良いかなと思っているんです。……ところで由弦さんのご家族は何か、好き嫌いはありますか？」

「安心しろ。嫌いなモノは特になかったと記憶している」

由弦を含め、高瀬川家の面々には特に嫌いなモノはない。

どんなものでも食べることができる。

「それは良かった。……好きなモノは？」

「うーん、彩弓と父さんは割と子供っぽいモノが好きなイメージがあるな。カレーとか、ハンバーグとか、オムライスとか」

「なるほど。由弦さんは……お魚が好きでしたよね？」

愛理沙の問いに対し、由弦は頷いた。

「あぁ……母さんと俺は食の好みは似ているかもな」

愛理沙は顎に手を当てて、考え始める。

おそらくは今日の献立を考えているのだろう。

由弦は邪魔をしないように、じっと見守る。

「決めました。和風ハンバーグと、あと何かお魚料理を付けましょう」

「……大変じゃないかな？　もっと適当で良いけど」

「こう見えても、張り切っています」

ギュッと両手を握りしめながら愛理沙は言った。

由弦の家族に料理を振る舞うことは吝かではない、と語ったのは嘘ではないようだ。

「じゃあ、まずはお野菜から。夏野菜が良いですね」

まずは野菜コーナーに赴く。

すでに愛理沙の頭の中には何を作るのか、浮かんでいるらしい。

オクラ、胡瓜《きゅうり》、大葉、茄子《なす》、ミョウガ、生姜《しょうが》、葱《ねぎ》、玉ねぎをカゴへと放り込んでいく。

それから肉のコーナーへ。

牛と豚の合《あ》い挽《び》き肉を購入。

今度は魚だが……

「この鯵《あじ》、立派ですね。生食できるようですし、これにしましょうか」

氷に浸《つ》かった大きな鯵を見て、愛理沙は嬉しそうに言った。

どうやら切り身を使うわけではなく、自分の手で捌《さば》いて使うつもりのようだ。

愛理沙が魚を捌けることは当然、知っていたが……

よくもまあ、やるものだと由弦は感心するばかりだ。

彩由は魚好きだが、調理は嫌いな様子で、基本的には捌かない。

「これで終わりか？」

「あとはお豆腐を買って終わりです」

和風ハンバーグは確定として、他に何を作るつもりなのだろうか？

由弦は期待に胸を膨らませた。

※

四時半ごろ。

由弦たちは愛理沙の料理を今か今かと待っていた。

「楽しみだなぁー、愛理沙さんの手料理。兄さんの絶賛だから、期待しちゃう」

ウキウキとした様子で彩弓は言った。

それに対し、彩由は複雑そうな表情だった。

「私も愛理沙ちゃんの料理、楽しみだわ。……でも、私、ドラマに出てくる姑《しゅうとめ》みたいに、息子のお嫁さんに自分の家の味を教えるみたいなことも、やってみたかったのよねぇ。複雑な気持ちだわ」

そんな彩由に対し、由弦と彩弓は揃って突っ込みを入れた。

「母さんの味は、旨味調味料だろう？」

「教えるまでもないよね。再現余裕」

「あなたたちね、料理をまともに作ったこともないくせによく言うわね」

確かに由弦も彩弓も料理はできないので、それについては反論できない。

が、しかし言われたままは悔しいので話を少しすり替えて反論する。

「そういう母さんは、愛理沙を手伝わなくて良いのか？」

「手伝うって、言ったわよ？　そうしたら『お母様のお手を煩わせるわけにはいきませんから』って。良い子よねぇ」

「それ、戦力外通告されただけじゃないの？」

「黙りなさい」

由弦と彩弓と彩由が言い合っていると、和弥が苦言を口にする。

「君たちね……みっともない喧嘩《けんか》はやめてくれよ？」

どうやら高瀬川家の醜い喧嘩を愛理沙に見られたくないようだ。

家の評判を気にしてのことだが……

由弦も自分と母親の言い争いを愛理沙に見られるのは嫌だったので、矛を収める。

一方で彩弓と彩由はその後も戦い続けていたが……

「料理、できましたよ」


そう言って愛理沙が料理を運んできたので、喧嘩を止めた。

そしてせめて配膳くらいは手伝おうと、テーブルに並べる。

「それにしても……随分と張り切ったね」

「はい。少し本気を出しました」

由弦が愛理沙を労《ねぎら》うと、彼女はいつものクールな表情でそう答えた。

一方、和弥、彩由、彩弓は思っていたよりも豪華な料理が出てきたことに驚いていた。

「これはまた……本当に申し訳ありません。愛理沙さん」

「……うん、負けたわ。教えたいなんて、おこがましかったわ」

「うわぁー、凄い」

和弥と彩由は愛理沙に謝り、彩弓は目を輝かせた。

三人にそんな反応をさせた料理の内容はと言うと……

白米。

鯵のつみれの味噌汁。

和風ハンバーグ。

鯵のなめろう、刺身。

茄子の煮物。

冷奴《ひややっこ》。

そして妙にねばねばした謎の物体。

「愛理沙、これって山形の『だし』ってやつで合ってるか？」

由弦はネバッとしているモノを指さして尋ねた。

小さく刻んだオクラ、胡瓜、大葉、みょうが、茄子をめんつゆで合わせたモノのようだ。

「そうです。一応、冷奴に掛ける用途で作りました。でもご飯にかけても美味しいですよ」

愛理沙がそう言うので、「いただきます」をしてから由弦は早速、だしに手を出した。

冷奴に掛けてから、口に運ぶ。

「どうでしょうか？」

「美味しいね。涼し気があって良いし、それにこの季節、こういう冷たくて粘りがあるものは、箸が進みやすい気がする」

これなら自分も作れそうなので、後でレシピでも教えて貰おうと由弦は思った。

九月になって夏季休暇が明けた後も、暑い日は続く。

これがあれば残暑を乗り切れる気がした。

「この鯵のなめろう、良いね。……日本酒が飲みたくなるよ」

「ハンバーグ、美味しいですね。とても柔らかいです」

「お味噌汁、美味しいわね……お魚の味がしっかりして、臭みもなくて」

「茄子の煮物も美味《うま》い。愛理沙の作った煮物は、本当に美味しい」

和弥、彩弓、彩由、由弦は口々に愛理沙の料理を褒めた。

すると彼女は頬を赤らめ、顔を伏せながら、小さな声を漏らす。

「あ、ありがとうございます。……お、お代わりはありますから、もし、良かったら」

そんな愛理沙の仕草を見た彩弓と彩由は顔を見合わせた。

そして苦笑する。

「兄さんが骨抜きになった理由が分かった気がした」

「愛理沙ちゃん、本当に可愛いわね。うちの娘に欲しいくらい……あ、なるんだっけ」

何を言っているんだか。

由弦は内心でそう思いながら、つみれの味噌汁を飲んだ。

……少し恥ずかしく思ってしまったのは秘密だ。

※

「はぁ……まさか、由弦さんのお家にお泊まりすることになってしまうなんて」

自宅に帰った愛理沙は早々に自室のベッドに倒れ込むと、そんなことを呟いた。

仰向《あおむ》けになり、天井を見つめる。

「……由弦さん」

夏祭りから、お泊まりを経て。

とても距離が縮まったように愛理沙は感じていた。

いや、それは気のせいではない。呼称がすでに〝高瀬川さん〟から〝由弦さん〟へと変わっているのがその証拠だ。

愛理沙の顔が僅かに赤く染まる。

「あぁ……もう!!」

愛理沙は枕に顔を埋め、足をパタパタとさせながら思わず呟いた。

いろんな失敗を思い出してしまったからだ。

「む、胸の中で泣くなんて……あり得ないです……」

そもそも涙を流すことすら、滅多《めった》にないのに。

それを同級生の男子に見られただけではなく、その胸の中で泣きじゃくったのだ。

「はぁ……過ぎてしまったことですけど」

とても恥ずかしいし、由弦に弱みを見せてしまったが……起きたことは仕方がない。

それに鬱屈した思いや、〝嘘〟を吐き出せて、スッキリしたのも事実だ。

「……今後は由弦さんの前では、できるだけ正直になりたいですね」

由弦は愛理沙の〝嘘〟を許してくれたが、彼の好意に甘え続けるわけにはいかない。

それは自分自身が許せなかった。

「まあ、泣いてしまったこと以外は、特に失敗はありませんでしたし」

愛理沙は由弦と過ごした時間を思い返す。

当初は花火を見るだけだったが、思わぬ偶然から彼の家に泊まることになってしまった。

緊張したが彼の両親はとても良い人たちで、愛理沙も自分が思い返せる範囲内では、粗相をすることもなかった。

「うん、大丈夫です。印象は……良かったはず」

料理を作ることになってしまったが、それも成功した。

お世辞かもしれないが、由弦の両親は自分の手料理を美味しいと、褒めてくれた。

「あっ……」

と、そこで愛理沙は〝失敗〟を思い出した。

由弦に対して「毎日あなたに味噌汁を作る」と口走ってしまったのだ。

厳密には『「毎日あなたに味噌汁を作る」という意味ではない』という否定の言葉ではあったのだが……

「あ、あれじゃあ、意識してますって、言ってるようなものじゃないですか……」

意識はしたのだ。

途中から、何だかプロポーズみたいなことを言ってしまっているなと気付いて、慌てて否定してしまった。

つまり墓穴を掘ったのだ。

「……まあ、大丈夫、ですよね」

その後の由弦の態度を思い出し、愛理沙は自分自身を落ち着かせる。

失言をした前後で、由弦の愛理沙への態度が劇的に変わるということはなかった。

由弦は愛理沙のことを意識していない。

「……」

そう思うと、どうしてか分からないが心が沈んだ。

いや、理由は明白だ。

意識して欲しいと思っているから、意識していない可能性を考えて、心が沈んだのだ。

「……まさか」

愛理沙はそっと自分の胸に手を当てる。

ドクドクと、激しく胸が高鳴っていることがはっきりと分かった。

「由弦さんのことが……好き？」

そんな言葉を呟く。

同時に顔が強烈に熱くなるのを感じた。

「……」

好きか、嫌いか。

その二択を突き付けられたら……好きと答えるだろう。

好きになる要素は多く、嫌いになる要素は少ない。

「だからと言って、恋しているかどうかは……」

好きだからと言って、必ずしも恋に結びつくわけではない。

少なくとも、愛理沙は由弦のことを親しい異性の友人だと、認識していた。

そう、異性の友人であって、それ以上でもそれ以下でもない。

「けれど……」

もし。

仮に。

高瀬川由弦と恋人になったとしたら。

自然と手を繋《つな》いだり、接吻《せっぷん》をしたり……

肌を見せたり、もしかしたら子作りなんて……

「ああああああ!!!」

愛理沙は思わず叫んだ。

首を何度も横に振る。

「な、何を、私は……か、考えてるんですか!!」

脳裏に浮かんだピンク色の妄想を、愛理沙は吹き飛ばした。

たとえ想像とはいえ、異性の前で肌を晒《さら》すような妄想を、ましてや親しい異性の友人を対象に抱くなど、あってはならない。

「いや、まあ……肌を晒したことは、ありますけどね」

誤魔化《ごまか》すように愛理沙は自分で自分にツッコミを入れる。

プールでは水着になった。

しかし別に水着姿を見られたくらいで、恥ずかしくなり、死にたくなるほど愛理沙は初心《うぶ》ではない。

もしそれがダメなら、プールや海には行けないだろう。

もちろん、同じ程度の、もしくはそれ以下の肌の露出度であっても、下着はダメだ。

面積や論理の問題ではない。

気持ちとＴＰＯの問題である。

そして下着は見られたことはない。当たり前だ。

……本当にそうか？

「……あ」

由弦の前で浴衣が乱れたことを、愛理沙は思い出した。

もしかしたら……僅かにだが、下着を見られたかもしれない。

どうせ見られるなら、コンビニで買った安物ではなく、お洒落《しゃれ》で可愛らしい物が……

「ああ、もう!!」

〝変なこと〟を再び想像しかけ、愛理沙は顔をベッドに打ち付けた。

その日、愛理沙はしばらくの間、ベッドの上で悶《もだ》えることになった。

第二章　〝婚約者〟とホラー映画

夏季休暇は終わりを告げ、学校が始まった。

由弦《ゆづる》にとってはまた毎週、愛理沙《ありさ》の料理を食べることができる日々が始まるのと同時に、長時間学校で拘束され続ける、少し憂鬱な日々の始まりでもある。

休暇明けの土曜日。

およそ一か月ぶりに愛理沙は由弦のマンションへ、ゲームをやりに来た。

今日の愛理沙のチョイスは某配管工とその愉快な仲間たちがレースをする、非常に有名なレースゲームのシリーズだ。

二人でテレビの前に並び、リモコンでキャラクターを操作する。

この手のゲームは宗一郎《そういちろう》たちと度々遊んだことがあったため、由弦は少し得意だった。

妙にゲームの才能がある愛理沙にも勝てる自信はあったのだが……

「んっ……っく……」

隣に座っている愛理沙が気になり、集中できなかった。

　というのもカーブを曲がるたびに声を出しながら、愛理沙はその方向に体を曲げるのだ。

由弦が座っている位置と反対方向に曲がってくれる時は問題ないが、しかし由弦の方へ体を傾けてくる時は問題だ。

元々隣り合うように座っていたためか、愛理沙が体を傾けるたびにその華奢《きゃしゃ》な肩が由弦の体に触れそうになる。

美しい亜麻色の髪がサラサラと動くのだ。

極めつけはその可愛《かわい》らしい声だ。

本人は気合いを入れているつもりなのかもしれないが、妙に艶っぽいせいで意識してしまう。

「また私の勝ちですね、由弦さん」

「あぁ……そうだな」

「どうしました？」

「いや、少し目が疲れただけだよ」

由弦はそう言ってコントローラーを置いた。

そして大きく伸びをして、床に横たわる。

そして時計の針を確認する。

もうすでに長いことゲームをしているので、疲れているのは事実だ。

もっとも……目の疲れよりも、愛理沙を意識しすぎたことによる気疲れの方が大きいが。

「大丈夫ですか？　由弦さん」

とはいえ、愛理沙にはその辺りの自覚がない様子だ。

心配そうな表情で由弦の顔を覗《のぞ》き込んできた。

美しい双眸《そうぼう》とふっくらとした蠱《こ》惑的《わくてき》な唇が目の前に現れ、由弦の心臓が跳ね上がる。

「大丈夫……少し休んだら治る」

由弦はそう言って両手で自分の目を覆った。

疲れた目を庇《かば》うような仕草だが、その真意は自分の視界から愛理沙の顔を遮るためである。

この美しい顔を間近で見るのは、少し刺激が強すぎる。

しかし全く自覚がない様子の愛理沙は、そんな由弦の髪に指を絡ませてきた。

柔らかい指の感触を頭髪と頭皮越しに感じる。

余計にドキドキしてしまうが、しかし楽しんでいる様子の愛理沙を邪魔するわけにはいかない。

しばらくされるがままになっていると……

今度は愛理沙の手が自分の頬《ほお》に伸びてきた。

温かい両手で頬を包み込まれる。

が、さすがにこれにはいろいろと耐えきれそうにないので由弦はこれ以上のスキンシップをやめさせようとする。

「愛理沙、起き上がって良いかな？」

「あぁ……すみません。夢中になっていました」

由弦はゆっくりと、起き上がった。

そして愛理沙の方を見る。

今更にして自分が大胆なことをしてしまったことに気付いたのか、気まずそうに由弦から視線を逸《そ》らし、肌を朱色に染めていた。

そしてチラチラと、由弦へ視線を向けてくる。

（……可愛い）

思わず由弦は生唾を呑《の》んだ。

彼女を押し倒し、組み伏せ、欲望のままに蹂躙《じゅうりん》したいと……そんな衝動に駆られる。

「ふぅ……」

由弦はその欲望を吐き出すように、大きくため息をついた。

そして愛理沙に背を向ける。

それから自宅で飼っている四頭の犬の姿を思い浮かべ、心を落ち着かせた。

…………

…………

（よし）

そしてもう一度、愛理沙に向き直る。

すると愛理沙は酷《ひど》く怯《おび》えた表情で、心配そうに、不安そうな声で由弦に尋ねた。

「そ、その……ご不快、だったでしょうか？」

上目遣いで由弦の機嫌を窺ってくる。

由弦はもう一度、四頭の犬を想像した。

ワンワン。

「いや、そういうわけじゃない。むしろ逆というか……」

「……逆、ですか？」

きょとん、とした表情で愛理沙は首を傾《かし》げた。

そして視線を由弦の下腹部へと移動させ……それから顔を真っ赤にした。

慌てた様子で背中を向け、叫ぶ。

「な、何を考えているんですか！」

「いや……考えさせたのは君というか、何というか……生理現象だし……いや、勿論《もちろん》悪いとは思っているけれど」

本能の方は由弦の理性とは無関係に反応してしまうのだから、仕方がない。

ついでに言えば、今は大分収まってきている。

「ただこれだけははっきりさせて貰《もら》うけど、君を傷つける意思はない。……ただ、まあ衝動というものはあるし、俺も人間というか、男なので、その辺の配慮というか、あまり無防備になるのは止めて欲しいなと。勿論、一番気を付けるべきは俺で、君にそういうことを頼むのは道理に反しているのかもしれないが」

由弦がそう言うと、ゆっくりと愛理沙はこちらに体を向けた。

その真珠のような肌はまだ僅かに赤らんでいる。

「……どこまでなら、良いでしょうか？」

「髪を撫《な》でるのは良いかな……でも、心の準備があるから。一言、言っていただけると」

「気を付けます」

神妙な表情で愛理沙は頷《うなず》いた。

先ほどとは異なり、由弦との間にかなり距離を取っている。

いきなり距離を離されると、それはそれで傷つく。

もっとも、愛理沙もびっくりしているだけで、由弦のことを嫌いになってはいない……と信じたいところだ。

由弦が若干、落ち込んでいることに愛理沙も気付いたらしい。

彼女は唐突に話題を変えた。

「次週のことなのですが」

「はい」

「今度は私から……お誘いさせていただいても良いでしょうか？」

お誘い。

つまりデートの誘いだろう。

普段は総合娯楽施設、プール、夏祭りと基本的に由弦の方から提案をし続けていたため、今度は愛理沙の方から何かに誘うというのは道理に適《かな》っている。

「ああ、良いよ。……どこに行くか、決まっているか？」

由弦が尋ねると、愛理沙は頷いた。

「映画館に行ってみたいな、と。……私、行ったことがないので」

かくして映画館デートが決まった。

※

由弦はいつものシャツにジャケットを羽織り、ワックスで髪を整えたスタイルで待ち合わせ場所の駅へと向かった。

すでに愛理沙は到着していた。

今日は残暑もあり、そこそこ暑い。

そういうこともあり、愛理沙は少し涼し気な恰好《かっこう》をしていた。

シースルーのブラウスに羽織ものを組み合わせ、そしてロングスカートを穿いている。

透けて見えるデコルテは眩《まぶ》しいほど白く、美しい。

耳にはお洒落《しゃれ》なイヤリング。

薄《うっす》らと化粧をしていて、元々ふっくらと美しかった唇はリップでさらに艶《あで》やかになり、少し官能的だった。

会うたびに美人になっているのは、気のせいだろうかと由弦は内心で首を傾げる。

「待たせたかな？」

「いえ、私も今、来たところです」

そんなお決まりの台詞《せりふ》を交わしてから、由弦は少し目に毒な胸元にはできるだけ視線を向けないようにしながら、愛理沙の今日のファッションについて言及する。

「今日はいつもよりも、女性らしい……というかフェミニンっぽいね」

由弦はイマイチ、自分でもよく分かっていない言葉を使って愛理沙を褒めた。

実際、非常に良く似合っていて、いつもよりも彼女の〝女性〟を感じるのは確かだ。

艶っぽいが、しかしいやらしさを感じない。

　そんな印象を受ける。

　もっともそれを直接言うのは気恥ずかしいので曖昧な表現でぼかす。

「ありがとうございます。由弦さんも……カッコいいですよ」

「そう言って貰えるとありがたい」

　もっとも由弦のファッションは愛理沙とは異なり、いつもとそれほど代わり映えもしないのだが。

　それから愛理沙に尋ねる。

「それで何という映画だ？」

「この映画です」

　愛理沙はそう言って携帯の画面を由弦に見せた。

　思わず由弦は目を見開く。

「……いや、これ、ホラーじゃん」

　それは最近、怖いと評判になっていたホラー映画だった。

「ホラー、苦手ですか？」

「いや、俺は平気だけど……君は大丈夫なのか？　前、暗いのは苦手だと。怖がりなタイプだと、勝手に思っていたけど」

　すると愛理沙は首を左右に振った。

「そうですね。……怖いのは、ちょっと。夜眠れなくなるかもしれません」

「……なら、どうして？」

苦手なのにもかかわらず、ホラー映画を選ぶ愛理沙の気持ちが由弦には理解できなかった。

が、愛理沙は何を聞くんだと言わんばかりに答えた。

「みんな、怖くなりたいからホラーを見るんじゃないんですか？」

「それは……まあ、言われてみれば確かに、そう……なのか？」

ホラー映画というのは怖いからこそ、価値がある。

まあ中には実質ギャグ枠なB級ホラーもあるのだが、一応ホラー映画というのは怖くなるために見に行くものだ。

ホラーなんて、全然怖くないぜ！

みたいな人間はホラーを本当の意味で楽しめないだろう。

「それに面白いと……クラスの女の子たちも話していました。怖いという気持ちもありますが、同時に強い興味があります」

「君は流行には乗らないタイプだと、思っていたが」

愛理沙にしては珍しく〝普通の女子高校生らしい〟と思った由弦は思わずそう口にした。

すると愛理沙は小さく笑って答えた。

「乗らないのではなく、乗れないのです。家庭の事情で」

「……」

「あぁ、今のは自虐ジョークです」

由弦が変な表情になったのを見て、愛理沙は慌てて言い繕った。

そういう冗談が多少、言えるようになったのは……良い影響なのだろうか？

由弦は少し判断に迷ったが……

「まあ、俺のおかげ……かどうかはともかく、今回は流行に乗れるな」

「はい。じゃあ、行きましょう」

二人は近くの映画館へと、向かった。

※

「すみません。実は私、映画館初めてで。……予約とか、必要でした？」

「公開されてすぐの人気映画なら必要だけど……これは公開されてから、そこそこ時間が経《た》ってるし。席は十分にあると思うよ」

由弦はそう言うと、映画館のホールにある券売機へと向かう。

由弦と愛理沙は高校生なので、学割が利く。

のだが……

「なるほど……」

「どうしました？」

「……今日はカップルで来ると、安くなる日らしい」

由弦がそう言うと愛理沙は僅かに肌を薔薇色《ばらいろ》に染めた。

そうやって恥ずかしがられるとこちらも余計に恥ずかしくなってしまうので、やめて欲しいものだ。

「そっちの方がお得、ですか？」

「まあ、そうみたいだね」

「……じゃあそれにしましょう。その方が経済的です」

由弦は別にお金には困っていないが、節約できる時は節約するのが賢い。

カップルチケットを二人で購入する。

それから売店を指さす。

「取《と》り敢《あ》えず、飲み物を買おうか。あとはポップコーンでも、買う？　昼前だけど」

由弦が尋ねると、愛理沙は小さく頷いた。

「映画館でポップコーンを食べるという、ありがちなやつ。やりたいです。……お昼が入らないと困るので、二人で食べません？」

「まあ、それが無難だな」

意外にポップコーンはお腹《なか》に溜《た》まりやすいので、油断すると痛い目を見る。

愛理沙の提案は渡りに船だ。

「塩、バター、キャラメルの三種類がありますが、どうなさいますか？」

ポップコーンを注文すると、店員にそう聞かれた。

由弦はどれでも良かったので、愛理沙にどうするか尋ねる。

「じゃあ……キャラメルで」

彼女ならばキャラメル味を選ぶだろうなと思っていたら、案の定キャラメル味を選んだ。

可愛らしいなと、思わず笑みを浮かべてしまう。

「……何を笑っているんですか？」

「なんでもないさ」

由弦はそう言って誤魔化《ごまか》すと、愛理沙と共に劇場へ入場した。

席に座ってしばらくすると、上映中の注意を喚起する映像が出てくる。

「うわぁ……」

「どうした、愛理沙」

小さく声を漏らした愛理沙に、由弦は小声で尋ねた。

「私、あれ……なんか嫌です」

愛理沙はそう言って眉を顰《ひそ》めた。

スクリーンに映されている映像は、かの有名な『映画泥棒』である。

「……まあ、見てて気持ちの良いものでもないよな」

正直、由弦もあまり好きではない。

もっとも、恐怖を煽《あお》る映像だからこそ効果があるのだろうが。

「この映画泥棒よりも、怖いと良いな」

「……私、眠れなくなっちゃいますよ」

愛理沙は青い顔で言った。

そういう彼女はすでに震えている。

ホラーを選んだのは君だろうが。

と由弦は内心思いながら、ポップコーンを口に運んだ。

映画の内容は所謂《いわゆる》『学校の七不思議』をモチーフにしたものだった。

学生に人気という評判を聞いていたが、舞台が学校という身近な場所だからだろう。

怖いという前評判通り、由弦も声は上げないものの体がビクリと震えてしまう程度には怖かった。

お化けや幽霊が人を襲うたびに、心臓がドキドキする。

もっとも……

「ひぅ！」

「ひゃぁっ！」

「っきゃ!!」

などと可愛らしい悲鳴を上げ、その度に由弦の腕に抱き着いてくる愛理沙の行動の方が、よほど由弦をドキドキさせたが。

怖いモノは苦手というだけあり、後半、愛理沙は由弦の手を握ったまま、目を瞑《つぶ》り、プルプルと震えていた。

おそらく、最後の十五分の映像は見てすらいないだろう。

映画が終わり、由弦は愛理沙に声を掛けた。

「愛理沙」

「うわっ！　ゆ、由弦さん、ですか」

「俺以外にいないだろう。……大丈夫か？」

「だ、だ、大丈夫です」

全く大丈夫そうではない愛理沙を連れて、由弦は早めに場内から出ることにした。

よほど怖かったらしく、明るくなってからも由弦の腕にぴったりと、体を付けている。

「も、もう……明日から学校でお手洗いに行けません」

青い顔で愛理沙はそう言った。

その瞳は僅かに潤んでいた。

「そんなに怖いのが苦手なら、やめれば良かったのに。……今度からはホラーを見るのは止めた方が良いな」

由弦がそう言うと、愛理沙はプルプルと首を左右に振った。

「怖かったですけど……お、面白かった、です。……怖いのは苦手ですけど、ホラーは嫌いじゃないです」

「……」

もしかしてこの子は馬鹿なんじゃないかと。

由弦は本気でそう思った。

もっとも、怖いモノを見たくてホラーを見るという動機そのものは、間違ってはいないような気もしたが。

「ところで愛理沙。……俺、雉を撃ち《トイレ》に行ってきて良いかな？」

「だ、ダメです！　今は私を一人にしないでください！」

そう言って愛理沙はギュッと、由弦の腕を掴《つか》み、自分の体に引き寄せた。

涙目でそう言われると、非常に離れにくいが……

「い、いや……でも、俺、ちょっと限界で」

「我慢、できませんか？」

「我慢って……いつまで？」

「それは……ずっとです」

愛理沙も無理難題を言っていることが分かるのか、目を逸らしながら言った。

しかし由弦の腕を離す気配もない。

仕方がないので、由弦は少し意地悪な質問を愛理沙に問いかけた。

「そういう君は大丈夫なのか？　……ジュース、俺と同じ量を飲んでたと思うけど」

由弦がそう指摘すると、愛理沙の足が目に見えて分かるほど震え始めた。

「え？　それは……」

どうやら今まで、恐怖のせいで無自覚だったようだ。

「……お互い、ギリギリまで付き添うという案は、如何《いかが》ですか？」

「常識というものを考えて欲しいな」

「で、ですよね。そうですよね。……取り敢えず、お手洗いに向かいましょう。それまでに覚悟を決めます」

愛理沙がそう言うので、由弦は彼女と共にトイレがある位置に向かった。

勿論、愛理沙は男子トイレに入るわけにはいかないし、由弦が女子トイレに入るわけにもいかない。

なので……

「別れるけど、良いな？」

「手早く、お願いします」

「……まあ、努力しよう」

君はどうするつもりだ。

とは、聞かなかった。

先ほどのホラー映画ではトイレに関するお化けも出てきたのだ。

おそらく、この様子ではまだ一人でトイレに入る勇気はないのだろう。

由弦は愛理沙のために、できるだけ早く事を済ませようとトイレに駆け込んだ。

するとそこには……

「……あれ？　お前はもしかして、聖《ひじり》か？」

見慣れた背恰好の男が手を洗っているところを、目撃した。

試しに声を掛けると、彼は驚いた様子で目を見開いた。

「そういうお前は、由弦か。……奇遇だな」

「それはこっちの台詞だ。……聖のドッペルゲンガーじゃないよな？」

「お前、あの映画見てたの？」

「そういうお前も見てたんだな」

どうやら由弦も聖も、同じ映画を見ていたようだった。

入場出場の時間がお互い違ったために、場内では鉢合わせしなかったのだろう。

「お前がホラー映画なんて……もしかして、誰かと一緒に？」

聖は由弦に尋ねた。

由弦は何と答えれば良いか、少し迷ったが……

トイレの前では愛理沙が敵と戦いながら由弦を待っているので、愛理沙と共に来たことはどうせすぐに判明してしまう。

誤魔化しても仕方がないことだった。

なので正直に愛理沙と一緒に来たと言おうとしたのだが……

（待てよ？）

ふと、由弦の脳裏に名案が浮かんだ。

「なあ、聖。そういうお前も……誰かと一緒に来ているのか？」

「いや……質問に質問で返すなよ」

そういう聖は少し動揺している様子だった。

どうやら図星らしい。

「女の子か？」

「それを聞いてどうするんだよ」

「凪梨《なぎり》天香《てんか》だろ。前も一緒にいたもんな」

「そうだな……で？　それがなんだってんだよ」

不機嫌そうに尋ねる聖に対し、由弦は頭を下げた。

「すまん、一つだけ、頼みたいことがある」

「どうしたんだよ、急に」

唐突に頭を下げてきた由弦に聖は困惑の表情を浮かべた。

勿論、由弦が聖に何か頼むことは別に珍しいことではないが……これほどまでに真剣に頼み事をしたのは初めてのことだった。

「お前の連れ……もう凪梨さんでも、誰でも良いけど、女の子だったら……」

「お、おう！　もうぶっちゃけると、凪梨だけど、それがどうしたってんだよ」

由弦は聖の肩を摑《つか》んだ。

そして鬼気迫る勢いで、聖に頼み込む。


「俺の連れを……愛理沙を、助けてくれ!!」


その後、合流した天香は非常に困惑した表情を浮かべていたが……

愛理沙のトイレに付き合ってくれた。

愛理沙が危機を脱した後、より詳しい事情——つまり愛理沙がトイレに行けなくなったこと——を聞いた聖と天香は……

お腹を抱え、大爆笑した。

ちなみに由弦は愛理沙に滅茶苦茶《めちゃくちゃ》怒られた。

※

その後。

昼時ということで、由弦たちは近くの喫茶店で共に食事をすることにした。

「っぷ!!」

料理を注文した後。

愛理沙の顔を見た天香は、小さく噴き出した。

そして顔を逸らし、肩を震わせ、笑い声を漏らす。

「凪梨さん、いい加減、笑わないでくれないかな？　……俺の足が痛いんだ」

ガシガシ、ガシガシ。

そんな擬音語が聞こえそうなほど、愛理沙は由弦の足を蹴り続けていた。

ムッとした表情で。

私は怒っているんだぞ、とアピールする。

あまり親しくない天香に当てられない分、その怒りの矛先は由弦へと向かっていた。

「あのさ、愛理沙。確かに悪かったとは思っているけど、でも凪梨さんに頼まなかったら、君は花を摘みに行けなかったじゃないか」

「……別に、行けました」

「なら、今から一度、ちょっと行ってきてくれないか？」

「……」

愛理沙は気まずそうな表情で目を逸らした。

まだ恐怖が抜けきっていない様子で、一人ではトイレにいけないようだ。

そんな由弦と愛理沙のやり取りを見て、再び笑い始める天香。

どうやらツボに嵌《は》まってしまったらしい。

（……悪魔のような女、ね）

由弦は聖がそう評した理由の一端が分かった気がした。

お世辞にも彼女は性格が良いとは言えない。

……もっとも聖も性格が良いかと言われると、そうでもない気がするので、ある意味ではお似合いではあるが。

「随分と、仲が良さそうだな、由弦」

案の定。

ニヤニヤと笑いながら聖が由弦に尋ねてきた。

さすがに「たまたま、映画館で出会った」という言い訳は通用しないだろう。

「まるで恋人みたいね」

そう言って天香は目を細めた。

以前のお淑《しと》やかで大人しそうな雰囲気はどこかへ消え去り、今はやや邪悪な笑みを浮かべている。

「恋人ではないな」

「そうですね」

由弦と愛理沙はきっぱりと、そのあたりは否定した。

もっとも、聖と天香はそれをあまり信じていない様子だ。

お互い、揃《そろ》って「またまた、そんなこと言っちゃってー」とでも言いたそうな表情だ。

……似た者カップルとは、このことだ。

「君たちも、一緒に映画館に行く関係なんだね」

由弦は聖と天香に尋ねた。

それに対し……二人とも、もはや隠し事はできないと判断したらしい。

肩を竦《すく》めた。

「別に特別に仲が良いというわけじゃないさ……家同士の付き合いだ」

「そうね。……ご存じかもしれないけれど、今、良善寺《りょうぜんじ》と凪梨は事業提携しているから。その関係で」

親同士・家同士の関係が深まったこともあり、少し親しくなった。それだけだ。

と二人はそう主張した。

「私、あの映画、見たかったの。でも、一人で映画館に行くのは間抜けでしょ？　それにカップル料金ならお得だし。だからダメ元で聖君を誘ったの。そうしたら、首を縦に振ってくれたわ」

それから天香は聖はついでだと、主張する。お目当ては映画とカップル割引であると。

「何がダメ元だ。怖いの？　って、煽ってきたのはてめぇだろうが」

一方、聖は少し不満そうに言った。どうやら彼は特別に映画が見たかったわけではなく、乗せられる形で同行することになったようだ。

微妙に認識の相違はあるようだが、一応二人はただの異性の友人同士のようだった。

なら自分たちもその設定で行こうと、由弦と愛理沙はアイコンタクトで承諾し合う。

「で、俺たちは話した。今度はお前の番だぞ、由弦」

そう尋ねる聖に対し、由弦は落ち着いた様子で答えた。

「俺たちも似たようなものだ。家同士の付き合いで、少しな」

聖と天香の主張に乗っかる形で由弦はそう主張した。

決して嘘《うそ》は言っていない。……実際、婚約するほどの付き合いになっている。

「話題の映画を見たいと思っていたのですが……一人で見るのは怖かったもので」

愛理沙もまた、いつもの平静な声音で答える。

「一人で見るのは怖かった」という愛理沙の主張は非常に説得力があるものだった。

……そもそもホラーが苦手ならホラー映画など見に来るなという話ではあるが。

由弦と愛理沙の言葉に天香は納得の表情。

が、聖はあまり納得していない様子だ。

「本当に友人なのか？」

「何か疑う要素があるか？」

「うん……まあ、そういうことにしておこう」

聖は由弦が何かを隠したがっているということに、気付いたらしい。

友人として詮索しないという選択肢を選んだようだ。

「悪いな」

由弦は小さく謝った。

宗一郎に話した以上は同じ友人である聖にも話すのが筋なのかもしれないが……

やはり誤魔化せる範囲内であれば、誤魔化したい。

いくら仲の良い友人同士でもプールに二人っきりで行くことはあまりないかもしれないが、映画程度ならば十分にあり得るわけで……

友人、という言い訳が通用する範囲内であれば、それで押し通したい。

「……私、騒がれるのが苦手なので。他言無用でお願いできますか？」

愛理沙は聖と天香にそう頼んだ。

二人は揃って頷いた。

「別に言い触らしたりはしねぇよ」

「私たちのことも、言わないでもらえると助かるわ」

聖と天香の二人も、由弦たちにそう頼んだ。

お互い、秘密を共有する関係になった。

これで学校に広まる事態は避けられると、由弦と愛理沙はホッと息をつくのだった。

※

食事を終えると、由弦たちは聖たちと別れた。

二人を見送ってから……愛理沙はぽつりと呟《つぶや》く。

「あっさり、引き下がってくれましたね」

「そうだな。二人とも、理解が早くて少し助かった」

由弦と愛理沙が恋人同士ではないことだけは、しっかりと伝わった。

かと言って、ただの友人同士でもないことも勘づいている様子ではあったが、しかしそこからは詮索しないでくれたことは、とてもありがたい。

「でも、由弦さん。……佐竹《さたけ》さんには話したのに、良善寺さんには話さないというのは、その、大丈夫ですか？」

「俺の交友関係のことか？」

「はい」

「聖はそんなことで臍《へそ》を曲げたりはしない。まぁー、悪いとは思うが」

聖も宗一郎も、由弦にとっては対等な友人である。

ならば宗一郎に話した以上、聖にも話しておくのが筋と言えば筋なのだが……

しかし情報というものはどこからどう漏れるのか分からないわけで、伏せることができるならば伏せておくのが無難だ。

宗一郎の時は、プールで水着という、言い逃れのできないような状態だった。

そして非常に勘がよく、鋭い亜夜香《あやか》もいた。

それに対し、今回はある程度、誤魔化しが利く状態だったのだ。

加えて……

「聖はああ見えて口が堅いし、付き合いも長いから信用できる。でも、凪梨さんの人柄は、俺は全く分からないからなぁ」

あの場には聖だけでなく、天香もいたのだ。

由弦は聖の人格に関しては太鼓判を押せるが、天香についてはそういうわけでもない。

「凪梨さん、悪い人ではなさそうでしたけれどね。……性格はあまり良くありませんが」

散々に笑われたことを少し根に持っているらしい。

愛理沙は美しい眉を寄せた。

由弦は苦笑する。

「まあ……双方、どちらかが信用できると判断できない限りは、伏せておく方針が無難だろう。ところで、後日、聖に追及されたりして、誤魔化しようがなかったら……」

「由弦さんは良善寺さんを信用しているんですよね？　なら、大丈夫です。私は良善寺さんは信用することはできませんが、由弦さんのことは信用できます」

「そう言っていただけるとありがたい」

勿論、由弦の人を見る目を信用しているというのもあるが……

それ以上に由弦の人間関係の心配をしてくれているのだろう。

自分を庇うために由弦の友人関係が破壊されるようなことがあっては良くないという申

し訳なさから来る心配かもしれないが、それでも愛理沙の心遣いは、由弦にとってはありがたかった。

※

さて、このまま「はい、さようなら」というのはあまりにも味気ないので、由弦と愛理沙は近くにあったショッピングモールを見て回ることにした。

「由弦さん、何か見たいものとか、買いたいものとか、ありますか？　私は秋物の服を……予算が足りれば、コートを買おうかなと思っています」

「そうだな。……少しアクセサリーを買いたいと、思ってる」

由弦がそう答えると、少し意外そうに愛理沙は目を見開いた。

別に服装に気を遣っていないわけではないが、しかしお洒落が好きというわけでもなさそうな由弦が、そういうものを欲しがるのは意外だったのだろう。

由弦も思うところがあり、少し気恥ずかしい気持ちを抱きながら誤魔化すように言った。

「いや、ほら……君はお洒落だろう？　並んで歩く以上、俺もレベルを上げていかないと。君に失礼かと、思ってね」

「それは良い心掛けです」

由弦の言葉に気を良くしたのか、愛理沙は機嫌良さそうに言った。

ふざけ半分ではあるが、どこか偉そうな口調に由弦は苦笑する。

「何様だよ、君は」

「婚約者様、ですかね？」

「そう言えばそうだったね、愛理沙様」

最初に買いたいものがある程度定まっている由弦の用事から済ませてしまおうということで、二人は時計や宝石などの貴金属が売られているエリアへと向かった。

貴金属と言っても、割とピンからキリである。

由弦が買いたいのは、高校生が身に着けても違和感のないような安物だ。

「どういうのが欲しいんですか？」

「そうだなぁ。まあ、手首は腕時計があるし、首元かな。価格は……一万円を超えない程度で良いかな」

由弦がそう答えると、愛理沙はお店の一角を指さした。

「あれなんて、どうですか？　カッコいいと思いますよ」

「シンプルな感じで良いな」

愛理沙が見つけ出したのは、ブラックスピネルという黒い宝石で出来たシンプルなネックレスだ。

価格はおよそ三千円ほど。

割とお手軽な価格で、高校生が身に着けても違和感はない。

一度店員に許可をもらってから、由弦はブラックスピネルを手に取った。

そして首元に翳《かざ》し、愛理沙に見て貰う。

「どうかな？」

「よくお似合いです。……少し、色気が増したように見えます」

愛理沙は美しい睫毛《まつげ》に覆われた翡翠色《ひすいいろ》の瞳を少し伏せながら言った。

お世辞で言っているわけではないようだ。

「色気、ね……」

男の色気というのは具体的にどういうものか。

そもそも自分に色気があるのか、由弦にはイマイチ理解できなかったが……

愛理沙の言葉を信じ、それを購入することにした。

「あの、由弦さん」

「どうした、愛理沙」

「……そのネックレス、私と一緒の時以外、着けちゃダメですよ。あと、学校もダメです」

「はぁ……まあ、良いけど。どうして？」

不思議なことを言うもんだと由弦は首を傾げる。

すると愛理沙は僅かに肌を薔薇色に染めた。

「由弦さんが女の子にモテたら、困ってしまいます。……偽とは言え、由弦さんの婚約者は私なんですから」

「大袈裟《おおげさ》だな、君は」

「大袈裟じゃないです。……それに、選んだのは私なんですから」

絶対、ダメですよ！

とでも言いたげに、愛理沙は由弦を睨《にら》みつけた。

整った眉を寄せ、エメラルドの瞳を吊《つ》り上《あ》げ、口をへの字に曲げている。

「分かったよ、約束する」

妙な独占欲を発揮し始めた愛理沙に由弦は少し戸惑いながらも、そう返した。

それからアクセサリーのエリアに来たということで、女性物の装飾品を見て回る。

「綺麗《きれい》、ですよねぇ……宝石」

うっとりとした表情で愛理沙は美しいエメラルドを眺める。

少し世の中の女性とはズレているところがある愛理沙だが、こういう宝石類は普通に好きな様子だ。

「君の瞳のようだね」

愛理沙がエメラルドを見ていたので、由弦は冗談半分にそう言った。

すると愛理沙はポカッと由弦の胸を叩《たた》いた。

「や、やめてくださいっ！　バカップルみたいじゃないですか」

そういう愛理沙の顔は真っ赤に染まっていた。

由弦も少し顔が熱くなるのを感じながら、頬を掻《か》く。

「いやぁ……俺も言ってから、臭すぎたなと」

「全く、もう……」

愛理沙は怒っているぞと言いたげではあるが、しかし口元は少し緩んでいた。

こういう臭い台詞も、好きなようだ。

「ちなみに……この中だとどういうのが好きなんだ？　後学のために教えてくれ」

「そうですねー」

店内を歩き回りながら、ジュエリーの一つ一つに「これは好きです」「これは趣味じゃないです」と評価を付けていく愛理沙。

可愛らしいデザインの物は勿論、豪華で派手なデザインの物もそこそこ好きな様子だ。

そして共通して言えることだが、値段が高い。

勿論、良いデザインの物や質の高い石を使っていれば高くなるのは当然なので、それは愛理沙の鑑定眼が優れていることの証《あかし》なのだが……

スーパーで買い物をするときは割と節約志向な愛理沙が、そこそこ高そうな物を好むというのは由弦にとっては意外な発見だ。

（いや、普段はいろいろと抑圧されたり、こういうものが手に入らないから……本当は欲しいんだな、こういうの）

もっとも、スーパーで大根を買う時の基準と装飾品の好みは全く関係ないのだが。

「俺、ジュエラーの名前とかあまり知らないんだけど……愛理沙は詳しい？」

「詳しくなんて、ないですよ。人並みには知ってますけど」

「有名どころだと、どういうのがあるかな？」

「ティファニー、カルティエ、ブルガリ、ヴァン クリーフ＆アーペル、ハリー・ウィンストンなんかは五大ジュエラーとして、有名ですよね」

「へぇー」

すらすらと名前を口にする愛理沙。

五つのうち、由弦が知っていたのはティファニーとハリー・ウィンストンだけだった。

他にもいくつもブランド名を挙げる愛理沙。

思っていた以上に詳しい。

「日本だと……どうしましたか？　由弦さん、変な顔して」

「いや、何でもないよ」

愛理沙は少しお高い石鹸《せっけん》すらも買って貰えない（厳密には遠慮して言い出せない）子だ。

本当は我《わ》が儘《まま》をたくさん言いたいのに言い出せないでいるのだろうと思うと少し不憫《ふびん》に思ってしまうが……それを口に出すのは愛理沙の自尊心を傷つける。

「そろそろ服を見に行かないか」

少なくとも由弦の用事は終わったのだ。

次は愛理沙の番だろうと、そう提案すると彼女は頷いた。

「そうですね。見に行きましょう」

愛理沙は小さく、頷いた。

※

「この秋物のコート、お洒落ですね」

そう言って愛理沙は値札を見て……表情を曇らせた。

「予算オーバーか？」

「……少しだけ」

チラりと由弦は値札を確認する。

愛理沙が言うには、彼女が養父から受け取った衣服代よりもこのコートは高いらしい。

なるほど、確かにちょっとお高い。

そのコートよりも少し低い程度のお小遣いというものは……果たして女子高生に対して衣服代として渡す額としては、適正かどうか、由弦にはイマイチ、分からなかった。

男性と女性では必要な額も異なるだろう。

それに単純に他で使ってしまったためにお金が足りないだけかもしれない。

少なくともコートを買うお金がないというだけで、愛理沙の養父がケチであると決めつけるのは早計だ。

「いくら足りない？」

由弦がそう尋ねると、愛理沙は残念そうな表情で足りない金額を口にした。

由弦は少し考えてから、愛理沙に尋ねる。

「気に入っているのか？」

「……まあ、そこそこ」

そういう愛理沙の表情には未練の色があった。

もしそんなに気に入っているわけではないのなら、彼女はすっぱりと諦めるだろう。

その愛理沙が迷っているということは、かなり気に入っているということだ。

「立て替えようか？」

「え？　で、でも……」

「気に入っているんだろう？　値段相応に良い物みたいだし。次に来た時にはなくなっているかもしれない。ちゃんとお金を返してくれるなら、良いよ」

本物の恋人同士ではない以上、さすがに「買ってあげる」とは口にはできないが……

お金を少し貸すくらいならば、どうと言うことはない。

愛理沙はちゃんと返してくれる子だと、信用している。

幸いにもバイトで貯《た》めたお金があるので、余裕がある。

「……ゆ、由弦さんがそう言うなら……じゃあ、試着してから、決めます。感想、教えてください」

「ああ、良いよ」

由弦が答えると愛理沙はおずおずと、そのコートを手に取る。

それから店員に許可を取ってから、その場で羽織った。

「……どうですか？」

「似合っているよ。大人びて見えると思う」

愛理沙が気に入ったそのコートは、キャラメル色のトレンチコートだった。

少し大人びたデザインだったが、元々愛理沙は女子高生離れしたスタイルの持ち主。

問題なく、着こなせていた。

「……じゃあ、買っちゃいますよ？　買っちゃいますからね!?」

愛理沙はそう念押ししつつも、ウキウキした様子でコートをカゴへと入れた。

二人で会計まで向かう。

「あぁ……そうだ。クレジットのポイント、貰って良いかな？」

カードを手に持って愛理沙に尋ねると、彼女は小さく頷いた。

カードで決済を終え、店員から紙袋を受け取る。

愛理沙はギュッと、紙袋を両手で握りしめた。

「良い買い物ができました。ありがとうございます。お金は後日、お返しします」

「ああ。……まあ、急《せ》かしはしないよ。余裕があるときに、返してくれ」

由弦がそう言うと、愛理沙は目を細め、小さく頷いた。

いつになく、愛理沙は上機嫌な様子だった。

普段は冬の湖面のように静かな瞳には、温かい光が灯《とも》っているように見える。

もし彼女に〝アホ毛〟があったら、ぴょんぴょんと撥《は》ねていることだろう。

あまりにも可愛らしかったので、由弦は思わず愛理沙の頭に手を伸ばした。

最初は戸惑いの表情を浮かべた愛理沙だが、すぐに目を細め、されるがままになる。

まるで犬を撫でているようだなと、由弦は思った。

すると。

妙な物音がした。

由弦が顔を上げて、物音がした方を見ると……

猛烈な勢いで、誰かが走っていた。

その背中はあっという間に遠ざかっていく。

「どうかしましたか？　由弦さん」

気付くと由弦は自分の手を愛理沙の頭に置いたまま、固まっていた。

きょとん、と愛理沙はこちらを見上げている。

「いや……なんか、人が走っていった」

「それはまた。危険ですね」

「急ぎの用事でもあったんじゃないか？」

もっとも、〝知らない人が走っていた〟というだけの話であり、由弦と愛理沙にはあまり関係ない。

だから頭への愛撫《あいぶ》の続きを……

するというわけにはいかない。

「さて、次はどうするか」

手触りが良かったので、つい夢中になって撫でてしまったが……

あまり公衆の面前でやることではないと、由弦はすぐに我に返った。

そして誤魔化すように尋ねる。

愛理沙の方は少し恥ずかしそうに、頬を赤らめていた。

「そう、ですね。……お互い特に買いたい物もないわけですし、適当にウィンドウショッピングをするというのはどうですか？」

「あまり目的とかを考えずに、ぶらぶらするのも楽しそうだね」

ショッピングモールはそこそこ広いので、まだ回っていないところもある。

取り敢えずそういうところを見て回ろうと、由弦と愛理沙は歩き始めた。

ただ商品を見て回る。

それだけでも、案外楽しかった。

しかしいろいろと遊び回ったせいで、時刻は夕方になってしまった。

そこで夕食も済ませてしまうことにした。

丁度近くにあった、ファミレスへと足を運ぶ。

「私、こういうところ、あまり行かないんですよね。……由弦さんは？」

「そうだね……宗一郎たちと、たまに行くかな。あと、家族でもたまに」

由弦がそう言うと、愛理沙は少し意外そうに目を開いた。

家族と行く、というところが驚きのポイントだったようだ。

「何というか、高《たか》瀬《せ》川《がわ》家《け》の皆さんが、こういう場所に来るところが想像できないです」

「まあ、年がら年中、和服を着ている珍妙な一族という自覚はあるけどね。外出する時は普通に洋服を着るし、そこら辺りの適当な店に入ることだってあるさ」

由弦の母親、彩由《さより》は平日の夕食と土日等の休日のみ、食事を作る。

ただ、彩由が面倒だと思った時は自然と外食になる。

そういう時は大抵、唐突なので、予約なしで入れるようなチェーン店は重宝する。

妹の彩弓《あゆみ》に至っては「お母さんのハンバーグよりもファミレスのハンバーグの方が美味《おい》しいし……」などと言う。

もっとも、これは当然と言えば当然だ。

お世辞にも料理上手とは言えない彩由のハンバーグに負けるようでは、商売が成り立たないだろう。

「俺はデミグラスハンバーグにしようかな」

ハンバーグのことを考えていたこともあるし、ここ最近洋風のハンバーグを口にしていなかったこともある。

由弦の注文はすぐに決まった。

一方、愛理沙の方は少し迷っている様子だ。

「目移り、しちゃいますね、こんなにたくさん、お料理があると」

「まあ、ゆっくり考えてくれ」

散々に迷った末に愛理沙はドリアを注文した。

しばらく待っていると、美味《おい》しそうな匂いと共に料理が運ばれてきた。

ハンバーグを切り分け、口に運ぶ。

何度も食べたことのある味だった。

やはりチェーン店というのは、どこの、どの店に入っても、そこそこ美味しい料理が食べられるという点で、安心できる。

勿論、個人経営の店を巡るのもまた楽しいのだが。

ハンバーグを半分ほど食べ……ふと、愛理沙のドリアへと視線を向ける。

彼女は丁度、四分の一ほど食べ終えたようだ。

ふと、愛理沙と目が合う。

すると彼女は新しいスプーンを取り出した。

そして自分が口を付けていない部分を掬《すく》い、フーフーと息を吹きかける。

もしかして……

と由弦が思い至るのと同時に、愛理沙はスプーンを突き出してきた。

「食べたいんですよね？　どうぞ」

「……では、お言葉に甘えて」

由弦は少し身を乗り出して、スプーンを口に含んだ。

ホワイトソースとチーズの濃厚な味が口に広がる。

「どうですか？」

「美味しいよ」

とはいえ、少し気恥ずかしい。

がそれは口にするよりも愛理沙に実際に体験してもらう方が分かりやすいだろう。

そう考えた由弦は新しいフォークをハンバーグに刺し、愛理沙に突き出した。

少し驚いた表情を浮かべたが、すぐに愛理沙は身を乗り出し、その小さな口を開けてハンバーグを口に入れた。

「んっ……」

「どうかな？」

「美味しいです」

そういう愛理沙の頬には僅かに朱が差していた。

やはり彼女も恥ずかしかったようだ。

※

すでに暗くなっていたこともあり、由弦は愛理沙を彼女の家まで送り届けることにした。

二人で並んで歩く。

昼間は暑かったが、すでに秋に入りかけているということもあり、夜は少し肌寒い。

もっとも体が昼夜の寒暖差に驚いていること、そして着ているのが涼し気な夏服というのもあるのかもしれないが。

「大丈夫か？　愛理沙」

由弦にとっては少し涼しく感じる程度だが、愛理沙は少し寒そうにしていた。

声を掛けると、愛理沙は両手で体を抱いてみせた。

「……寒いの、あまり得意ではないんですよ」

「雪城《ゆきしろ》、なのにな」

「苗字《みょうじ》に雪が入っているだけじゃないですか」

そう言って愛理沙は小さく笑った。

とはいえ、本当に少し寒そうなので、苦手というのは嘘ではないのだろう。

愛理沙は由弦よりも寒さ耐性が低そうな服を着ているのもあるのかもしれない。

何にせよ、体を冷やして風邪を引くのは良くない。

由弦は少し考えてから、ジャケットを両手で握り、軽く引っ張りながら愛理沙に尋ねる。

「貸そうか？」

「え？　……でも、由弦さんは寒くないですか？」

「見栄《みえ》を張らせてくれ」

由弦がそう答えると、愛理沙は「じゃあお言葉に甘えさせてください」と答えた。

　ジャケットを脱ぎ、愛理沙に手渡す。

　彼女は皺《しわ》を付けないように、慎重に袖を通した。

　ジャケットがすっぽりと、愛理沙の体を覆い隠した。

「暖かいです。……由弦さんは大丈夫ですか？」

「先ほどの君よりはね」

　涼しいから少し寒いくらいに、体感温度が変わったような気がした。

が、耐えられないほどではない。

「本当に……ありがとうございます」

　愛理沙は目を細めた。

　それから彼女は視線を自分の足元に向けた。

「私、冬が好きじゃないんです」

「寒いから？」

「そうですね。震えているときに、上着を貸してくれるような人もいませんでしたから」

　助けてくれる人がいなかったという意味か。

　それとも他の意味があるのか。

　由弦には分からなかった。

「でも、今年の冬は……ちょっと、好きになれるかもしれません。そんな気がします」

「よし、じゃあ君が冬を好きになれるように努力しよう。……と言っても、あと二か月以上あるけどね」

まだ九月の半ばだ。

冬の話をするのは少し気が早いだろう。

「そう言えば、由弦さん。その、こういうことを聞くのは、あまり良くないのかもしれませんが……」

「スリーサイズ？」

「違います！……その、コートのお代を立て替えていただいたじゃないですか。それで、どれくらい、その、懐事情が……無理をなさっていないかと。由弦さんのお小遣いも限りはありますし、それにもしご両親のお金でしたらそれはそれで申し訳ないというか」

「なるほど」

気にしなくても良いと言いたいところだが、愛理沙はこういうことを気にする子だ。

今まで自分の金銭事情を語ったことはないが、これから付き合いを続けていく以上、知らせておいた方が良いだろう。

「光熱費は親が出してくれている。あと、衣服代もみっともない恰好をされると困るからと、出して貰っているな」

服に関してはレシートを取っておいて、後から請求する形になっている。

もっとも、由弦の両親は適当なところがあるので、ややどんぶり勘定気味ではあるが。

「食費は？」

「最低限飢死しないように、と一万五千円だな。それに加えて、小遣いで五千円」

「……意外に少ないですね」

「まあ、我が儘で一人暮らしさせて貰っている身で文句は言えないな」

とはいえ、二万円で食費と娯楽費を賄うのは少し厳しいところがある。

なので……

「後はバイト代だ」

「あ、バイトしていらしたんですか？」

「ああ……そう言えば言ってなかったな」

由弦はあまり部活動には参加していない。

愛理沙のための土曜日を除けば、週五がオフだ。

特に熱中している趣味があるわけでもないので、暇な時間はバイトに当てていた。

「自分でお金を稼ぐなんて、ご立派ですね」

素直に感心するような、そんな声音で愛理沙は言った。

由弦としては褒められるのは嬉《うれ》しいが……しかし同時にやや複雑な心境になった。

「うーん、いや、まあ……」

「どうしましたか？」

「今のはちょっと、違うかなって……思ってね」

言い淀《よど》む由弦に対し、愛理沙は首を傾げた。

「俺はさ、必要に迫られて働いているってわけじゃなくて、暇だからやってるんだよ。つまり趣味なんだ。別にいつでも辞められる」

そもそも、一人暮らしそのものが由弦の我が儘だ。

家がそれなりに裕福だからこそ、許されている。……家賃も両親持ちだ。

「学生の本分ってのは、学業だろう？　だからさ……バイトも、部活動も、必要に迫られてとか、プロとしてその道で食べていくとか、そういう事情でもない限りは二の次じゃないといけないと思うんだよね。親が健在なら、子供はちゃんと勉強するべきだ」

「……でも由弦さんはちゃんと、学業と両立させているじゃないですか」

確かに由弦の成績は悪くない。

バイトにかまけて学業を疎《おろそ》かにしているわけではないが……

「でも、それに全力を出しているわけではないからね。……本来なら君のように、ちゃんと真面目に勉強をするべきだと思うよ。まあ……これは俺個人の勝手な考えだけどね」

「一つ、お聞きしても良いですか？」

「どうした？」

「いえ……そう思うなら、どうしてそうしないのかな……と」

それは当然の疑問だった。

自分でお金を稼ぐのは素晴らしいと思ってバイトをしているならばともかくとして、それを良くないことだと思いながらバイトをするのは変な話だろう。

勿論……それにはある意味、ちゃんとした理由がある。

「俺は良い子じゃないからね。悪い子だから……勉強だけするってのは、つまらないじゃないか」

由弦はそう言ってニヤッと笑った。

もっとも……由弦がバイトをしている理由は、もう少し本質的なものがある。

それは由弦の場合、将来がほぼ決まっているからだ。

順当に行けば由弦は親の仕事を、高瀬川家の家督を継ぐわけで……つまり職業選択の自由が実質的にはない。

由弦が自由でいられるのは学生の時だけだ。

だからこそ、両親も由弦の道楽バイトを認めている。

「確かに良い子ではありませんね」

一方、由弦の回答を聞いた愛理沙はそう答えた。

由弦は思わず苦笑する。

「そこは否定して欲しかったな」

「でも……」

「でも？」

「そういうところは、好きですよ？」

愛理沙はクスッと笑った。

由弦の心臓がドキッと、跳ねた。

そんな話をしているうちに、愛理沙の家の近くまで到着した。

「家まで、ついて行った方が良いかな？」

由弦はそう尋ねた。

普段の愛理沙なら、「ここまでで大丈夫です」と答えるところだ。

しかし……

「……今日はついてきて、もらえませんか？」

どういう風の吹き回しか、家の前まで送って欲しいらしい。

勿論、徒歩にして五分程度の道なので手間でも何でもない。

由弦は愛理沙の家の前まで、ついて行った。

「せっかく、ここまで来たことだし。君のご両親に一言、挨拶をしても良いかな？」

「はい。……でも、今は養父はいないと思いますが」

愛理沙はそう言ってから、インターホンを鳴らした。

そして少しだけ申し訳なさそうな声で、インターホンの向こう側の人物へと話しかける。

「愛理沙です。今、帰りました。……開けていただけないでしょうか？」

しばらくしてから、やや乱暴に扉が開いた。

ビクリと、愛理沙は体を震わせる。

出てきたのはやや不機嫌そうな表情の中年女性。

愛理沙の養母である、天城《あまぎ》絵美《えみ》だった。

「全く、こんな夜遅くまで！　最近、随分と……」

「すみません。愛理沙さんを、遅くまで連れ回してしまって」

由弦は愛理沙を庇うように、前に進み出た。

それから小さく、一礼する。

そして社交用の笑顔を顔に貼りつけた。

「これは……高瀬川君。うちの娘に付き合ってくれて、どうもありがとうございます」

天城絵美は一瞬、たじろいだ様子だった。

そしてバツが悪そうな表情で由弦にそう言った。

（……愛理沙のことが嫌いなら、どうして結婚に反対なんだ？）

天城絵美は愛理沙のことを嫌っている様子だ。

実際、お見合いの場で愛理沙の頬を叩いたのは彼女らしい。

しかし愛理沙のことを嫌っているならば、別に愛理沙が由弦と結婚しようがしなかろうがどうでも良いはず。

少なくとも天城の利益には確実に繋《つな》がるのだから、反対する理由はないだろう。

全くもって、理解できなかった。

もっとも、理解したいとも思わなかったが。

「いえ、僕も楽しませていただきました。……遅くまで彼女を引き留めてしまったのは、僕なんです。本当にすみません。どうか、愛理沙さんを責めないであげてください」

由弦が天城絵美にそう言うと、彼女は眉を顰めた。

とはいえ、由弦にそう言われて尚《なお》、愛理沙を叱り続けるわけにはいかないらしい。

「愛理沙、入りなさい」

「は、はい」

絵美は由弦の言葉には答えず、愛理沙を家に入れた。

それからやや乱暴に扉を閉めた。

※

さて、マンションの自室に帰宅した後。

由弦は少し愛理沙のことを心配していた。

「愛理沙、大丈夫だろうか？」

夜遅くまで連れ回してしまったことには、由弦にも責任はある。

愛理沙の家庭事情は少々複雑ではあるが、普通の女子高生であっても門限があるのは珍しいことではない。

もう少し、時間にも気を配るべきだった。

と、由弦が少し反省をしていると……着信音がした。

携帯を見ると、それは愛理沙からのメッセージだった。

『庇ってくれて、ありがとうございます』

『今度もまた、お願いできますか？』

可愛らしいスタンプと一緒にそんな文面が書かれていた。

由弦はホッと、ため息をついた。

特に何か、問題が生じたわけではなさそうだった。

『お安い御用だ』

そんなメッセージを送ってから、由弦は携帯を机に置く。

そして今日の出来事を振り返った。

「……にしても、あいつらは付き合っているのだろうか」

あいつらとは良善寺聖と凪梨天香の二人のことだ。

お互いに詮索はしない約束を交わしたとはいえ、気になるものは気になる。

「まあ、意外ではないが……」

〝凪梨〟に関してはそこそこ有名なので由弦の頭の中にも知識はあるが、〝天香〟についてはその性格や人となりは詳しくない。

印象としては裏表が激しく、気が強そうだなと……そんな程度だ。

彼女の男性の好みなど知る由もない。

しかし聖に関してはそれなりに付き合いがあるので、彼の女性の好みは想像できる。

聖には気が強そうな女性が合いそうだ。

もっとも、本人は「俺はおしとやかな女性がいい」などと言っていたが。

しかし見た限り、本人たちは否定するだろうが、相性は悪くなさそうだった。

悪くなければ二人で仲良く映画館など、行かないだろう。

デートを数回重ねることができている時点で、もうお互いに脈ありと判断して良いのではないだろうか。

「……いや、まあ、それを考えると俺たちもだが」

由弦は思わず苦笑した。

人のことをとやかく言っている（考えている）由弦ではあるが、客観的に見て由弦と愛理沙は……恋人同士だろう。

仲の良い異性の友人にしては、最近距離が近すぎると由弦は薄々感じていた。

……政略結婚とはいえ婚約を結んでいるとか、その婚約は実はお互い了承済みの偽の〝婚約〟であるとか、そういう細かい事情はこの際置いておく。

「恋人……か」

愛理沙のことが好きか、嫌いか。

その二択を迫られれば……由弦は好きと答えるだろう。

嫌いになる要素は少ない。

好きになる要素は多い。

これで好きと答えない者は天《あま》の邪鬼《じゃく》だ。

では、恋人になりたいかと聞かれると……

「……まあ、なれたら、楽しいだろうな」

愛理沙との日々は、〝婚約〟を引き受けた時に想像していたよりもずっと楽しい。

意気投合というほどお互いに気が合っているわけではないのだが、不思議と一緒にいても苦痛にならない。

二人でいると穏やかな気持ちになれる。

それに最近は愛理沙がいないと、少し寂しく感じるようになってきた。

逆に家に来てくれると、パズルのピースが埋まるような……そんな感覚を覚える。

「きっと、愛理沙以上の女の子は……いないだろうな」

由弦は愛理沙のことが好きだ。

それは間違いない。

性格も真面目で、しかし全くユーモアがないわけではなく、話してみると冗談も通じる。

少し暗いところや、我が儘なところがないわけではないが、その程度は気にならない。

むしろ素直な一面を見ることができて、好ましく思う。

その容姿は由弦が知る女性の中ではもっとも美人だし、……正直なところを言えばドストライク、つまりとても好みだ。

何より、とても料理が上手だ。……ぜひ、毎日味《み》噌《そ》汁《しる》を作って欲しい。

「あり、だな、うん、全然あり……というか俺にはもったいないくらいじゃないか」

由弦は少し紅潮した顔でそんなことを呟く。

考えれば考えるほど、「嘘の〝婚約〟」を続ける意味がないような気がしてくる。

しかし由弦が愛理沙のことを「あり」と思っても、愛理沙の方が由弦を「あり」と思ってくれなければ意味がない。

果たして、愛理沙は由弦のことをどう思っているのか……

「……普通、好きでもない男に頭を撫でさせたりしないよな？」

夏祭り以来、愛理沙との仲がグッと縮まったのを由弦は感じていた。

愛理沙はとても由弦に対して気を許してくれている。

……間違いなく、俺に惚《ほ》れているよな？　と思ってしまうくらいには。

「俺の自意識過剰じゃなければ……うん、感触は悪くない」

さすがに「偽の〝婚約〟ではなく本当の婚約を結んでくれ」「俺と結婚してくれ」という望みは、拒絶されてしまう可能性が高い。

高校生の身で結婚の話は早すぎる。

もちろん、由弦も結婚は早すぎると感じている。

しかし……恋人なら、別に問題ないのではないか？

偽の婚約を維持しつつ、恋人になってくれ。

そう頼めば受け入れてもらえる気がする。

結婚やら婚約やらは保留でいい。そもそも普通の高校生は結婚を前提にお付き合いなどしないのだから。

「……どうしよう」

由弦は思わず頭を抱えた。

愛理沙と恋人になるなんて、今まで考えたことがなかった。

そのせいで、意識すると少し混乱してしまう。

……しかし由弦が混乱していたのは少しの間だった。

「うん、次のデートで告白してみようかな」

高瀬川家の男は冷静沈着なのだ。

多少混乱したとしても、すぐに落ち着きを取り戻し、合理的な選択ができる。

ここで「愛理沙と恋人になりたいけど、告白するのは勇気がいるし……うーん、どうしようかなぁ……そもそも、愛理沙は俺のこと、本当に好きなんだろうか……」などとウジウジ悩むのは、不合理だ。

フラれる懸念がないわけではないが……どうせフラれるなら、早い方がいい。

「……電話でいいか？　いや、直接言うべきか？」

それとも手紙とかの方が趣きがあって良いのだろうか？

などと、由弦が考えていると……

「うわぁ!!」

急に着信が鳴った。

相手は……由弦の祖父だった。

「はい、もしもし。由弦です」

『うむ……元気にしているか？』

「おかげさまで」

そんな当たり障りのない挨拶から、祖父との会話は始まった。

「それで、何の用件で？」

『なんじゃ。孫に電話するのに、理由が必要か？』

「いや、まあ……そんなことはないけど」

とはいえ、理由もなく電話を掛けてくるわけはあるまい。

「孫の声を聞きたかったとか？」

『それもあるが……そろそろ、模試の結果が返ってくると聞いたのでな』

「理由、あるじゃん」

『まあま……それで、どうじゃ？　……まさか、言えないような成績を取ったわけではあるまいな？』

「言えないと言えば、言えないかなぁ」

『……何だ、悪かったのか？』

「まだ、俺は知らないからね」

残念ながら、まだ模試の結果は返ってきていない。

返って来るのは……数日後だろう。

『そうか、そうか……結果が分かったら、教えてくれ』

「別にいいけど……気になるの？」

『孫自慢に使える』

「へぇ……」

どうやら、ジジババコミュニティの中では孫の成績は自慢の種になるようだった。

「……あんまり、人の成績を触れ回らないで欲しいんだけどな」

『別にいいじゃろー、減るもんじゃあるまいし』

「減りはしないけど、俺のプライバシーが……」

もっとも、幸いにも恥ずかしい成績ではない（はず）なので問題はない。

そもそも恥ずかしい成績だったら、祖父は絶対に言わないだろう。

『ところで……橘《たちばな》には、今回は勝てそうか？』

少し、祖父の雰囲気が変わった。

あ、これは真面目な話だなと……由弦は少しスイッチを切り替える。

ここからは祖父と孫ではなく、先代当主と次期当主の会話だ。

「それは……どうでしょう。彼女は勉強はとてもできますからね」

『ふむ。まあ、勉強だけなら、結構なのだがな』

電話の向こう側から、小さく鼻を鳴らす音が聞こえてくる。

「僕は彼女に負けるつもりなど……いいえ、負けているつもりなど、毛頭ありませんよ」

『その割には……試験で負けても、悔しそうには見えないが』

「ただの試験ですから」

もちろん、悔しいには悔しいが……

試験の点数に拘《こだわ》る理由はない。

否《いや》、点数だけではない。

「元々、高瀬川は財力では橘に負けています」

『……ふむ、それで？』

「しかし勝っているのは我々です。手段は選ばずとも、最後に上に立てればそれで良いのでしょう？」

由弦がそう答えると……電話の向こう側から、小さな笑い声が聞こえてきた。

『分かっているならば、結構。もっとも……過程で負けて良い理由にはならんがな』

「……肝に銘じておきます」

由弦がそう答えると、『ならばよろしい』と先代当主は低い声で答えた。

そして説教を終えた先代当主は……

すぐに祖父の声音に戻った。

『そうそう。最近、天城の娘さんとは、どうじゃ？』

「どうとは？」

『接吻《せっぷん》くらいはしたか？』

接吻。

つまりキスだ。

愛理沙とのキス……それを脳裏に浮かべた由弦は、少し体が熱くなるのを感じた。

「まさか！　……プラトニックな関係を維持しているよ」

少し上擦りながら、由弦は答えた。

すると祖父は小さな笑い声を立ててから、冗談めかすように言った。

『頼むから、ワシが死ぬ前に曾孫《ひまご》を見せてくれ』

「……まあ、善処するけどさ」

由弦も曾孫の顔を見せてあげたいという気持ちはある。

もちろん、「愛理沙との」かどうかは全くの未定だが。

『ふむ、しかし接吻もまだか。……不仲というわけでは、ないのだな？』

「ええ、それはもちろん」

『ふむふむ。……しかしお互いに結婚を心に決めるほど、進展しているわけではないと』

「いえ、婚約は……」

『今の時点なら、婚約なんぞ、いくらでもひっくり返せる。……こちらからなら、な』

やや冷たい声で、由弦の祖父はそう言った。

天城の側から婚約を破棄するなど、絶対に許さない。
しかしこちらから、高瀬川の側から婚約を破棄するのは容易。
それが天城と高瀬川の、愛理沙と由弦の力関係だった。
『気に入らんと思っているなら、やめてもよいぞ？　時間の無駄だからな』
スーッと、先ほどまでの熱が冷めていくのを由弦は感じた。
慎重に言葉を選びながら、由弦は先代当主に対して答える。
「いや、まさか。……お互いに奥手なだけだよ。心配しないでくれ」
今、こちらから婚約を破棄すれば、愛理沙の家庭内での立場は確実に悪くなる。
愛理沙を守るためにも、この婚約は維持する必要がある。
『ふむ……そうか』
由弦の返答を聞いた祖父は、小さくそう呟いた。
そして今度はどこか、含み笑いをした声で言った。
『望むなら、少し手伝ってやろうか？』
「……手伝う？」
『背中を押してやるということだ』
ニヤリと、電話の向こう側で祖父が笑っている姿を由弦は思い浮かべた。
背中を押してやる。

つまり圧力を掛けて、婚約を進展させてやるということだ。

愛理沙が拒絶できないように、外堀を埋めてやろう。

彼はそんな提案をしているのだ。

孫を思う祖父としてではなく、先代当主から次期当主への……〝謀略〟のお誘いだ。

「そのご厚意は大変、嬉しいのですが……」

由弦は僅かに歯を食い縛ってから、努めて平坦《へいたん》な声で答える。

「これは僕の婚約であり、結婚です。お爺様《じいさま》のお手を煩わせるつもりはありません」

改まった口調で由弦がそう答えると……

電話の向こうで先代当主は小さく、鼻で笑った。

『そうか。ならば、結構。……気が変わったら、いつでも言いなさい。力になろう』

「……はい。ですが、その可能性はないかと」

『くく……まあ、頑張りなさい』

何が面白いのか、祖父は笑いながら電話を切った。

電話を終えた由弦は携帯を机に置き、ぐったりと椅子に凭《もた》れ掛《か》かる。

「……はぁ」

大きなため息をついてから、呟く。

「……軽はずみな行動は、慎んだ方が良さそうだな」

そして告白計画を白紙に戻すのだった。

※

小学二年生の時。

彼女が転校して来た。

その女の子はとても可愛らしく、美しかった。

一目で、恋に落ちた。

彼女が自分の隣の席になった時は、とても嬉しかった。

運命かとも、思った。

彼女はいつもクールな表情で、何事にも動じない。

しかし決して冷たいというわけではなく、誰に対しても優しく、分け隔てなく接してくれた。

教科書を忘れた時、貸してくれと頼むと、嫌な顔一つせずに貸してくれる。

そんないい子だった。

好きだから……彼女のことを知りたくて。

一度、彼女の家を見に行ったことがある。

確か、小学四年生の冬の日だ。
ほんの出来心で、その高い石垣をよじ登り、家を覗き込んだ。
その時、見てしまった。
彼女の母親が彼女の頬を、叩くところを。
母親に引《ひ》き摺《ず》られるようにして、彼女は庭へと放り出された。
ピシャリと、ガラス戸を閉める音が印象的だった。
真冬の夕暮れだというのに、彼女は下着姿で、寒そうに震えていた。
自分は慌てて彼女に駆け寄った。
その時、彼女にどのような言葉を掛けたか……覚えていない。
いや、おそらく駆け寄るだけで、何の言葉も掛けることができなかったのだろう。
彼女は冷たい目で、一言。
私に関わらないでください、と。
そう言った。
自分は逃げるしかなかった。
後から彼女のお兄さん、いや、従兄《いとこ》の人に話を聞いた。
彼女はとても可哀想《かわいそう》な境遇の女の子だと、知った。
平凡な一般家庭の生まれである自分には想像もできないような世界だった。

彼女を守ってあげたいと、助けてあげたいと思った。

でもただの子供である自分には何の力もない。

そもそも何をすれば良いのか分からない。

それでも何かをしてあげられないかと、考え続けた。

実際に声を掛けたり、係の仕事の手助けをしてあげたりと、いろいろしてきた。

そのたびに彼女は、ありがとうございます、と綺麗な笑みを浮かべた。

そうやって少しずつ距離を詰めることができれば。

そして自分が大人になったら……

そんなことを思っているうちに、小学六年生になった。

彼女の従兄から、彼女は少し良いところの私立中学校に入学することになると聞いた。

だから両親に頼み、中学受験をさせて貰った。

両親は自分が勉強に目覚めたと思ったのか、全力で応援してくれたし、塾にも通わせてくれた。

何とか、合格することができた。

中学では二人の距離が縮まるものとばかり、思っていた。

これからの学校生活は楽しい物になるに違いないと、確信していた。

しかし……

不思議なことにそうはならなかった。

お互い、思春期に入ったからかもしれない。

男女の垣根のようなモノを感じるようになった。

部活も男女別。

加えて中学では不運なことに、一度しか同じクラスになれなかった。

中学三年生。

高校受験の時、彼女は私立高校に入学すると聞いた。

ここから電車で四、五十分ほど。

少し遠いところにある、名門と呼ばれる学校だ。

全国有数の進学校……というほどではないらしいが、しかし自分の成績とその学校への入学に必要な偏差値や内申点を見比べると、大きな開きがあった。

同じ高校に入学できるように頑張ったが……

しかし中学受験のようにはいかなかった。

あと一歩というところで、落ちてしまった。

絶望した。

でも、自分と彼女はご近所だ。

これから会うこともあるだろう。

チャンスがないわけではない。

高校は無理でも同じ大学へ入学できれば良い。

……そう思っていたのだが、しかしその見込みは甘かった。

人と人は、一度接点を失うと、途端に疎遠になってしまうものだということをその時、初めて知った。

たまにすれ違って、会釈をする。

その程度の関係になってしまったのだ。

それからさらに時が過ぎ、七月。

塾の帰り、彼女の家の前を通り過ぎる時……彼女と鉢合わせした。

しかしいつもと、少し様子が違った。

彼女の隣に見知らぬ男性が立っていた。

自分よりも少し背が高く、容姿の整った、落ち着いた雰囲気の男性だ。

最初は彼女の親戚か、何かだと思った。

というのも、高校生には見えないほど大人びているように見えたからだ。

見た目は若々しいから、おそらくは大学生くらいだろうと。

大学生の男性と、高校生の彼女に接点があるとは思えなかったので、おそらくは『天城家』に連なる良いところのお坊ちゃんか何かだと、そう予想した。

彼は非常に落ち着き払った声音と表情で、彼女のクラスメイトだと名乗った。

まず彼が自分と同年代であることが、驚きだった。

しかし言われてみると、確かにその整った容姿にはまだ幼さが残っている。

彼も自分と同じ、少し前まで中学生だったのだ。

彼の言葉遣いと態度は、とても柔らかく、丁寧だった。

彼女はそんな彼の一歩後ろでお行儀よく、立っていた。

まるで彼に付き従うかのような、そんな立ち位置だ。

そしてまるで彼の機嫌や意見、指示を窺うかのように、チラチラと視線を送っている。

嫌な奴《やつ》だなと、思った。

それから自分が何を言ったのかは、覚えていない。

確かなのは適当な言い訳をして、逃げ出したという事実だけだ。

ただのクラスメイト。

だから、彼女にとって彼はただの男友達でしかないはずだ。

彼女はいろんな男子から告白を受けてきたけれど、その全てを断ってきた子だ。

今更、ただのクラスメイトの男と付き合い始めるはずがない。

そう自分に言い聞かせた。

それでも……気になって、気になって、仕方がなかった。

本当にただのクラスメイトなのか？
友人なのか？
それとも、もしかして、もしかすると……
考えるだけで、不安で眠れなくなる。
しかし直接、尋ねる勇気もない。
擦れ違っても、会釈するだけだ。
そんな日々が過ぎ……やがて九月になった。
ある日、家族と共に服を買いに出かけた。
すると……彼女がいた。
声を掛けようとしたが、しかしその隣にはあの男がいた。
二人は楽しそうに話をしていた。
……咄嗟《とっさ》に隠れた。
彼女が秋物の大人っぽいデザインのコートを手に取る。
そして自分の財布を見て、ため息をつく。
おそらく、彼女のお小遣いで買えるようなものではなかったのだろう。
それから男に対し、何かを話す。
一言二言、会話をする。

それから店員に話しかけてから、羽織ってみせた。

そして男へと、話しかける。

男が何かを言うと、彼女は嬉しそうに笑った。

それから……少しだけ、声が聞こえてきた。

買っちゃいますからね？

と、そんな声だ。

弾むように、どこか念押しするように、彼女は男に聞いた。

分かってしまった。

彼女は男にコートを買ってくれと強請《ねだ》り、男は首を縦に振ったのだ。

男は財布からクレジットカードを取り出し、あっさりとその高そうな、ブランド物のコートを購入した。

彼女は店員から、コートの入った紙袋を受け取る。

嬉しそうに、それを両手で抱きしめた。

誰とも馴れ合わない。

高嶺《たかね》の花《はな》。

孤高で美しい一匹狼《いっぴきおおかみ》。

男がゆっくりと、彼女へと手を伸ばす。

そして彼女のサラサラとした、美しい髪を撫でた。

彼女は一切、逆らう様子はない。

それどころか、身を委ねている。

目を細め、心地良さそうにしていた。

本当に犬猫のようだった。

彼女のその蕩《とろ》け切った表情を見ていられなかった。

だから男の顔を見る。

男は……ニヤニヤと野卑な笑みを浮かべていた。

何か、良からぬことを企《たくら》んでいるように見える。

騙《だま》されるなと、叫びたかった。

実際、叫ぼうとした。……しかしその勇気はなかった。

吐き気が込み上げてきた。気付いた時には、男子トイレにいた。

洗面台で、顔を洗う。

鏡にはげっそりとした表情の男が……自分が映っていた。

自分の恋は始まる前に終わっていた。

第三章　〝婚約者〟とお泊まり

十月初旬。

その日は体育祭だった。

由弦《ゆづる》の高校では、体育祭は学校ではなく、陸上競技場を借り切って行われる。

観客席等が存在するので、観戦する分には楽だ。

「しかし……うちの高校の体育祭はつまらねぇな」

「同感だ」

「まあ……面白くはないね」

聖《ひじり》の言葉に、宗一郎《そういちろう》と由弦は同意した。

一般的な高校では、体育祭で何が行われるのだろうか？

組体操？

騎馬戦？

玉入れ？

まあどのような競技にせよ……

運動が好きではなくても、それなりに楽しむことができる。

そんな競技が主ではないか。

少なくとも由弦の中学時代、小学校時代はそんな競技が体育祭で行われていた。

しかしこの高校は異なる。

個人競技は百メートル走や二百メートル走、もしくは走り高跳びなどの、走ったり跳んだりするものだけ。

集団競技は……リレーが精々だ。

「これじゃあ、体育祭じゃなくて記録大会じゃねぇか」

聖が毒を吐いた。

由弦も同感だ。

由弦は運動が嫌いではないし、部活はバスケットボール部に所属している（と言っても週に一度しか通わないエンジョイ勢だ）が……

この体育祭はあまり面白くない。

「なら、女子でも見て楽しむか？」

宗一郎が真面目な顔で言った。

この男は一見真面目そうだが、内面は割とクズ寄りで、ついでに言えばそこそこ変態だ。

「……それくらいしか、楽しみはないか」

ちなみに由弦もそれは同じである。

だって、男の子なんだもの。

そういうわけで由弦たちは女子の活躍を応援することにした。

「体操服ってさ……ちょっとエロいよな」

「分かる」

「確かに」

何気ない聖の言葉に、宗一郎と由弦は同意した。

体操服はその機能上、半袖・半ズボンだ。

故に意外と肌が見える。

加えて生地が薄いので、体の凹凸がはっきりと見え……たまにその内側が浮き出て見える。

勿論《もちろん》、普通の女子は透けても問題ないようにキャミソールを着ているので、ブラジャーが見えるようなことはほぼほぼないのだが……

それでも十分にエロい。

「多分、エロい目的のためではない……それどころか極めて健全で、健康的な目的のための衣服なのにどことなくエロいって部分が、良いんだろうな」

宗一郎は極めて真面目な顔でそんな真理を口にした。

由弦と聖は何度も首を縦に振る。

「あと、高校の日常というか……青春の一ページというところが重要じゃないか？　ノスタルジーというか……まあ、俺たちはそんな年ではないけど」

「汗を掻《か》く、運動のための服ってのも、重要じゃね？　健康的というか……不健康そうな物には興奮できねぇよな。やっぱり、本能なのかもしれねぇ」

由弦と聖もまた持論を展開する。

勿論、声を低くし……周囲に聞こえないようにしながら、だが。

こんな猥談《わいだん》をクラスの女子に聞かれれば、明日からの居場所がなくなる。

「そう言えば……昔はブルマってのがあったらしいじゃん？」

由弦はネットや両親から得た情報を思い出す。

当然だが、今はお目に掛かれない。

「……おっさんたちはさ、ああいうの好きみたいだけど、ぶっちゃけそうでもない気がしないか？」

「いや……まあ、エロいはエロいんじゃないか？　違和感を覚えるのは、分かるが」

「分かるぜ。正直、コスプレ感強すぎるよな、俺たちには」

由弦の意見に宗一郎と聖が同意した。

三人にとってブルマというのは過去の遺物、古典である……ただのコスプレだ。

別に嫌とは思わないが、何かが違う。

「ブルマと言えば……うちの学校の女子用のズボン、ちょっと短めだよな」

「……言われてみると」

「そうだな……」

男子は普通だが、女子の物はやや短いように感じられる。

長さはおよそ、膝上十センチ程度だろうか。

卓球のユニフォーム程度の短さだ。

「まあ、カッコよくて良いじゃねぇか」

「そうだな」

「カッコいいよな、うん」

聖の言葉に、宗一郎と由弦は過剰なまでに頷《うなず》いた。

……本音のところはカッコいいかどうかは割とどうでも良いのだが。

大事なのは足がどれくらい、見えるかだ。

さて、そんな女子には……特に〝婚約者〟には聞かせられない話をしている最中、チラッと時計を確認した由弦は立ち上がった。

「俺、そろそろだ」

もうすぐ由弦の選択した競技の時間だった。

「おお、そうか」

「何だっけ？　お前」

「二百メートル×六のリレーだな。応援、よろしく」

「気が向いたらな」

「まあ、女子を見る合間に見てやる」

「お前ら、それでも友人か？」

軽口を叩《たた》きながら由弦はその場を離れた。

由弦はリレーを一緒に走るクラスメイトと合流すると、始まるまでの時間を利用して軽い準備体操とバトン渡しの練習をした。

実際のところ、由弦を含めてクラスメイトたちの大半は優勝に興味はないが……

しかし恥は掻きたくない。

バトンを取り落として、〝戦犯〟になると少し気まずいので、そのあたりは真面目にやる。

（あいつら、見てるかな？）

リレーが始まるまで、あと数分というタイミングで。

由弦は観客席を確認した。

宗一郎と聖の二人は……

女子の百メートル走を見学していた。

おそらく、胸か足でも見ているのだろう。

女子の胸や足と由弦の活躍。

二人にとっては前者の方が大切なようだ。

「薄情者め」

もっとも、由弦も似たようなことをするので人のことは言えないのだが。

次に由弦は別の人物を捜す。

美しい亜麻色の髪のその少女は、じっと由弦たちの方を見ていた。

由弦と、彼女の視線が合う。

すると彼女は……

軽く手を振った。

ドキッと心臓が高鳴った。

「なあ、今……雪城《ゆきしろ》さんがこっちに手を振らなかったか？」

「マジか。……ちょっと頑張ろうかな」

クラスメイトたちが若干、騒ぎ始める。

そして俺を応援してくれたんだ、いいや俺だと……醜い争いを始めた。

（……ちょっと、頑張るか）

少しだけ、由弦は優越感を覚えた。

※

体育祭後。

「少し、疲れましたね」

「そうだね」

由弦と愛理沙《ありさ》は、由弦のマンションの部屋にいた。

競技場から愛理沙の自宅までは、途中で由弦のマンションの前を通る。

せっかくなので、部屋で一休みしてから帰らないか？

と由弦が彼女を誘ったのだ。

愛理沙はそれを二つ返事で受けた。

「少し走っただけなんだが……どうしてか、疲れるな」

精々、二百メートルを走っただけ。

にもかかわらず、由弦は若干の疲労を感じていた。

もっとも、理由は分かっている。

少し本気になって走ってしまったからだ。

愛理沙に手を振って貰《もら》えたのが嬉《うれ》しくて、限界以上の力を出してしまったのだろう。

我ながら、少し恥ずかしい話だ。

「そう言えば、愛理沙。……俺に手を振ってくれたよね？」

「あ、はい。……止めた方が良かったですか？」

「いいや、嬉しかったよ」

愛理沙が自分に手を振ってくれたことを確認し、由弦は少しだけ安心した。

もし愛理沙が手を振った対象が自分でなければ。

もしくは自分を含めたクラスメイトたち、全員がその対象だったら。

少しだけ……妬《や》いてしまっただろう。

（……いかんな。恋人でもないのに）

妙な独占欲と嫉妬心を、由弦は強引に抑え込んだ。

「由弦さんも……私を応援してくれましたよね？」

「ああ、活躍してたね」

確かに由弦は愛理沙が走る姿をしっかりと見ていた。

宗一郎たちに揶揄《からか》われるのが嫌で、手は振らなかったが。

「まあ……君も疲れているだろうし。少し休んでいくと良いよ。珈琲《コーヒー》でも、淹《い》れようか」

「はい、お願いします」

由弦は台所に行き、珈琲を用意する。

今回は茶請けはなく、そして由弦も少し疲れていたので自分の分にもミルクと砂糖を入れた。

珈琲を持ってリビングに戻ると……

「うん……」

愛理沙は少し気怠《けだる》そうな様子で首を回していた。

拳で肩を叩いたりしている。

「愛理沙、珈琲を淹れたよ」

「あぁ……ありがとうございます」

由弦からカップを受け取った愛理沙は、息を吹きかけて珈琲を冷ましてから、その桃色の唇にカップを押し当てた。

一口、二口ほど珈琲を飲んでからカップをテーブルに置き、ホッと息をついた。

そして再び、首を回した。

「愛理沙」

「どうしましたか？」

「肩、凝っているのか？」

「え？」

愛理沙は「どうして分かるんですか？」と言いたげな反応をした。

どうやら首を回したり、肩を叩いたりは半分、無意識の行動だったようだ。

「すみません。出ていましたか？」

「まあ、そうだね。……凝りやすいのか？」

由弦が尋ねると、愛理沙は小さく頷いた。

そして肩に触りながら答える。

「私、元々肩凝りがあるタイプで……特に運動後とか、長時間勉強した後は酷《ひど》くなるんですよね。……姿勢のせいでしょうか？」

「……さあ、君の姿勢はそんなに悪くはないと思うけど」

敢《あ》えて指摘はしなかったが。

答えは明白だった。

由弦は愛理沙のたわわに実った果実へと、視線を移した。

上にジャージを羽織ってはいるが、前のファスナーは閉めていない。

薄い体操服越しだからか、普段よりも大きく見える。

胸部にこんな錘《おもり》をつけて運動をすれば、肩も凝るだろう。

「良かったら……マッサージしようか？」

何気なく、由弦はそう言った。

言ってから……少し後悔した。

（いや……でも男に肩を触られるのは、嫌か？　変な風に取られないと良いけど……）

愛理沙に引かれないか、少し心配になる。

だがそれは杞憂《きゆう》だった。

「良いんですか？」

「まあ、辛いようなら……そう上手ではないかもしれないけど」

「……では、お言葉に甘えます」

愛理沙はそう言って、羽織っていたジャージを脱いだ。

そして後ろを向いて、小さな肩を由弦に向けた。

「……では失礼する。痛かったり、変だったりしたら言ってくれ」

由弦はそう言うと、愛理沙の両肩に掌《てのひら》を乗せた。

掴《つか》んでみると分かるが、やはり愛理沙はとてもほっそりとしている。

だがそれは肉がないというわけではない。

しっかりと、柔らかい。女の子らしい柔らかさがあることが触れているとよく分かる。

「押すぞ」

由弦はそう言うと、愛理沙の肩に親指を食い込ませた。

すると思っていたよりも、強い抵抗があった。

筋肉が硬直しているのが分かる。

「んっ……」

愛理沙がどことなく、艶っぽい声を上げた。

掌からは愛理沙の柔らかさと、温かさが伝わってくる。

そして……少しだけ、甘酸っぱい、汗の香りがした。

「もう少し、強くしても大丈夫です」

「ああ、分かった」

「ぁン……それくらいで……ぁッ……」

ただ肩を揉《も》んでいるだけなのに。

何故《なぜ》か由弦は変な気持ちになってきた。

真っ白い、愛理沙のうなじが妙に気になる。

少し指を伸ばせば、柔らかい脂肪に触れることができると考えると体が熱くなる。

視線を愛理沙の肩から、少し前へと伸ばすと……

愛理沙の真っ白い、足が見えた。

いわゆる、アヒル座り、もしくは女の子座りと言われる座り方をしているのだが……体操服の裾から、真っ白い足が伸びている。

　触ったら、とても柔らかいだろう。

「っ……んっ……はぁ……っぁ……あン……」

「あ、愛理沙。……肩以外に、揉んで欲しい場所はあるかな？」

　由弦は気分を誤魔化《ごまか》すために、愛理沙にそう尋ねた。

　すると愛理沙は少し艶っぽい声で答える。

「そう、ですね……んっ……首とか、お願いできますか？　あと、肩との付け根のところとか」

「……あぁ、分かった」

　由弦は愛理沙の白い首に手を伸ばした。

　すると……

「ひゃぁン！」

　由弦の心臓が跳ねた。

「ど、どうした？」

「す、すみません。ちょっと、くすぐったかったので」

「そ、そうか」

　改めて、由弦は手に力を込めた。

優しく、そして少しずつ力を込めて、凝りを解していく。

そして指圧するたびに、くすぐったいのか、気持ち良いのか……愛理沙が嬌声《きょうせい》を上げる。

由弦は飼い犬を思い浮かべながら、黙々と、作業をするような気持ちで愛理沙のマッサージを続けた。

十五分ほど、揉み続けただろうか。

「んぁ……もう、大丈夫です」

由弦が手を離すと、愛理沙は大きく伸びをした。

それから肩を回す。

そして振り返った。

「ありがとうございます。肩が軽くなりました……お礼に私も、お揉みしましょうか？」

ありがたい提案をしてくれた。

由弦も愛理沙ほどではないが、少し肩が凝っている。

だからお言葉に甘えたい……

ところだが、しかし由弦は今、それどころではなかった。

「俺は……良いよ。というか、トイレが近い」

「そうでしたか。引き留めてしまって、すみません」

幸いにも愛理沙はトイレへ向かう由弦に疑問を抱かなかったようだ。

由弦は若干、前傾姿勢になりながらトイレに入り……

「はぁ……」

由弦は大きく、ため息をつく。

落ち着くまで、数分の時間を要した。

※

体育祭後の登校日。

その日の早朝、夏季休暇中に行われた（第二回）全国模試の結果が返却された。

試験返却後の生徒たちの様子は……阿《あ》鼻《び》叫喚《きょうかん》と言ったところか。

嬉しそうな表情を浮かべている者は少ない。

ところで由弦の方はどの程度なのかと言うと……

（……まあ、そこそこ良いな）

由弦はあまり真面目ではないが……しかし学業に関してはそれなりに力を入れている。

つまり授業にはちゃんと付いていけるように、心掛けている。

決してベストではないにせよ、ベターな成績は取れたと、そんな感じだ。

ところで、愛理沙はどうだったか？

と由弦は少しだけ振り返り、彼女の顔を確認した。

彼女はすでに結果を見終わったようで、個票の紙を畳み、ファイルに保存していた。

その表情はいつもの平静で、クールな、無表情。

周囲は「雪城さん、余裕そうだ」「きっと良かったんだろう」などと噂《うわさ》をしている。

だが……

(あれは多分、落ち込んでいるな)

丁度、明日は土曜日。

少し慰めてあげようと、決めた。

さて、その日の放課後。

帰ろうとした由弦は、後ろから何者かに強く、体当たりされた。

誰かと思って振り向くと……非常に機嫌が良さそうな幼《おさな》馴染《なじ》みの少女がいた。

「やあ、ゆづるん。模試、どうだった？」

ニコニコと満面の笑みを浮かべている黒髪セミロングの美少女。

橘《たちばな》亜夜香《あやか》だった。

やや赤色の強い琥珀色《こはくいろ》の瞳を爛々《らんらん》と輝かせていた。

「君に言わなければいけない、道理はあるか？」

「つれないなぁ。幼馴染みでしょ？　というか、私に教えちゃいけない道理があるの？」

「まあ、ないね」

別に隠すことでもない。

由弦は鞄《かばん》からファイルを取り出す。

すると亜夜香は目を丸くした。

「ゆづるんが模試の個票をファイリングしてる!?　明日は雨だね」

「君は失礼にも程があるな」

とはいえ、中学の頃は杜撰《ずさん》な管理をしていたので、亜夜香が驚くのも無理はない。

そもそも由弦がファイルに模試の結果を整理しようと考えたのは、愛理沙がそうやって試験結果などを保存していると聞いたからだ。

今は少しの手間かもしれませんが、後々楽ですよ？

と、言われたので試しにやってみているというわけだ。

「へぇー、さすがゆづるん。やっぱり、こういう校外模試だとゆづるんは強いね」

それから彼女は少しだけ、感心の声を上げた。

「あ、二位なんだ、校内順位」

「みたいだね」

「あまり嬉しくなさそうだね」

「校内順位なんて、大した価値はないだろう？」

大学受験は全国レベルの戦いだ。

校内での立ち位置は良いに越したことはないが、しかしそれで喜んでも仕方がない。

それに……

どうせ、目の前の女には負けている。

「ちなみに私は……」

「どうせ、一位だろう？」

由弦が尋ねると、亜夜香は目を細めた。

「よく分かったね」

「君は校外模試だと強い。というか、君が俺よりも成績が悪いということはあり得ないからな」

由弦は橘亜夜香の頭の出来の良さに関しては、ある種の信頼を抱いていた。

彼女は非常に頭が良いのだ。

由弦は人生で一度たりとも、こういう試験関係で亜夜香に勝ったことがない。

「あは、まあ……私はこういう〝紙〟は得意だからね」

試験なんて所詮は〝紙〟だよ。

などと謙遜しながらも、しかしその言葉とは裏腹に、彼女は自分の結果を自慢気に由弦に見せてきた。

「……さすがだな」

亜夜香の個票を見て、思わず呟《つぶや》いた。

由弦が亜夜香に勝てているのは、三科目のうち、一つだけだった。

「でも、悔しいなぁ。英語の成績では負けちゃったね」

「全科目で〝橘〟に敗北したら、〝高瀬川《たかせがわ》〟として立つ瀬がないだろう。……少しは手を抜いてくれて良いんだぞ？」

また、〝橘〟に負けました。

と、実家に報告する自分の身になって考えて貰いたいものだと、由弦は思った。

明確に対立しているわけではないが、高瀬川家は橘家に対し、ちょっとしたライバル心を抱いているのだ。

「手は抜けないね。私は叔父さんに、また〝高瀬川〟に勝ちましたって、報告したいし」

亜夜香は両親を亡くしている。

だから彼女の保護者は父方の叔父だ。

そういう点では愛理沙と少し境遇が似ている。

もっとも……亜夜香と叔父の関係は非常に良好なのでそこは全く異なるが。

「まあ、でも、ゆづるん。所詮は〝紙〟だよ」

ポンポンと由弦の肩を叩いてくる亜夜香。

勝者の余裕というやつだろう。

「俺もいつか、その言葉を亜夜香ちゃんに掛けてやりたいものだな」

亜夜香に勝つために、本気で努力してみるのも良いかもしれない。

由弦はふと、そんなことを思うのだった。

※

翌日の土曜日。

いつも通り、由弦は愛理沙を出迎えた。

「今日もよろしくお願いします」

「ああ、どうぞ。上がってくれ」

そう言って愛理沙に上がるように促した。

愛理沙は自然な動作で靴を脱ぎ、リビングへと上がる。

そしていつもの通り、ゲームを始めたのだが……

いつもよりも、愛理沙は集中力が欠けているような印象を受けた。

今日は少し勝率が良いなと。

少しだけ由弦が良い気分に浸っていると……愛理沙が唐突に尋ねてきた。

「あの、由弦さん」

「どうした？」

「……昨日の模試の個票、どうでしたか？」

やはり愛理沙は落ち込みやすい性格をしているらしい。

昨日の結果が芳《かんば》しくなかったことを、引きずっているようだ。

由弦が二位、亜夜香が一位の時点で愛理沙の校内順位が三位以下なのは確定だ。

「結構、良かったかな」

「……見せて貰えませんか？」

「まあ、良いけど」

隠したところで仕方がないので、由弦は鞄から個票を入れたフォルダを取り出して愛理沙に渡した。

愛理沙は個票を見て……

驚きと喜びと悲しみが入り混じったような、非常に複雑そうな声を上げた。

「校内順位、二位、ですか」

「まあ、今回はちょっと調子が良かったかな」

「……ちなみに校内順位、一位は誰か、知っていますか？」

「亜夜香ちゃんだな」

「……やはりそうですか」

想定はしていたらしい。

愛理沙は少し沈んだ声で答えた。

それから愛理沙は、持って来ていたらしい、模試の個票を無言で由弦へと手渡した。

その点数と偏差値は……

決して悪くはない。

校内順位は三位だ。

しかし……

三位は決して悪い順位ではなく、むしろ非常に良い順位と言える。

が、しかし校内試験では常に一位を取り続けていた愛理沙にとって、校外模試で普段は自分よりも後ろにいた二人に抜かされるのは相当に悔しい話だろう。

「亜夜香さんには負けるかもしれないと思っていたんですけれど、校内順位で二位は取れると思っていたんですよね……」

若干、恨み節で愛理沙は言った。

早い話、由弦に負けるとは思っていなかったので、悔しい……そういうところだろう。

もっとも、それよりはもう少し、ギトギトした負の感情が見え隠れしていたが。

「いや、愛理沙。所詮は……」

ただの試験《かみ》に過ぎない。

考えすぎだろう。

そう言おうとしたのだが……

「す、すみません。由弦さんにそんなことを言っても、仕方がないですよね。……性格、悪いですよね。分かってはいるんです。私、元々、こういう校外模試というか……範囲が広くて応用が必要な試験はあまり良い結果が出ないタイプで。……由弦さんには勝てると思っていたとか、そもそもそういう考え方が良くないですよね。すみません。本当に、私は……あぁ、もう、本当にごめんなさい。こんなこと、由弦さんに言っても仕方がないのに」

どうやらよろしくない思考パターンに嵌《は》まっているらしい。

もっとも、元々愛理沙のメンタルが弱いことは薄々分かっていたことなので、それほど驚きはない。

由弦は愛理沙に、手を伸ばす。

すると彼女は何を勘違いしたのか、ギュッと両手を握りしめ、目を瞑《つぶ》った。

そんな彼女の頭を、できる限り優しく撫《な》でてあげる。

サラサラと柔らかく、手触りの良い髪は、いつまでも触っていたくなる。

「大丈夫だから、愛理沙」

「……す、すみません。私が、悪いのに……」

「じゃあ、愛理沙に頼みたいことがあるんだけど、良いかな」

いくら慰めても負のループに嵌まったまま動けなそうなので、由弦は愛理沙に〝罪滅ぼし〟の機会を与えてあげることにした。

もっとも、愛理沙は何一つ悪いことをしていないのに〝罪滅ぼし〟も何もないのだが。

内罰的・自罰的な思考回路の愛理沙に対しては、愛理沙自身を許す切っ掛けのようなものを与えてあげた方が、彼女の精神衛生的には良いだろう。……幸いにも、丁度良いものがある。

「実は母親から食べ物が届いたんだけど」

「……食べ物、ですか」

「そうなんだ。ただ、俺では到底、料理できないというか、取り扱えないもので。君に見て欲しいんだ」

由弦はそう言うと、台所から発泡スチロールの箱を愛理沙の前に持ってきた。先日、実家から届いたものだ。

「わぁ……す、凄《すご》いですね、これは」

蓋を開けて見せると、愛理沙は驚きで目を丸くした。

由弦もびっくりしたのだから、愛理沙の驚きは無理もない。

そこにはぎっしりと、立派なサイズの松茸《まつたけ》が詰まっていた。

「松茸、ですか。……料理したことはありますけれど、これほどの量は初めてですよ」

そういう愛理沙の声はどことなく、弾んでいた。

こういう高級食材は、料理人の腕の見せ所だからだろう。

しかし彼女はすぐに不安そうな表情を浮かべた。

「というか、私が頂いても、良いんですか？」

「そもそも君に料理して貰えと、書いてあったよ。……俺一人だとどうしようもないしな」

「……お母様とお父様には、本当にありがとうございますと、そう伝えてください」

愛理沙は由弦にそう言った。

そしてそのうち、特に大きな松茸を手に取る。

「うーん……そうですね。取《と》り敢《あ》えず、松茸ご飯は確定ですよね。あとはホイル焼きとか。炭火焼き……は炭がないので無理ですが、コンロで似たようなものはできます。あとはお吸い物とか、そういうのも美味《おい》しいですね。土瓶があるなら、土瓶蒸しもちょっと、やってみたいです」

さすがは愛理沙と言うべきか。

すぐに調理方法が浮かぶらしい。

……試験結果については記憶の彼方《かなた》へと飛び去ったようなので、由弦は少しだけ安堵《あんど》した。

できれば愛理沙には、笑顔でいて欲しい。

どうしてそういう感情を彼女に抱くのか、そういう疑問については無視しながら、愛理沙に尋ねる。

「土瓶は確か、奥に仕舞《しま》ってあったような気がする。それで、どうかな？」

「ちょっと、待ってください。……松茸料理を作るだけなら、どうとでもなるんです。でも、松茸だけだと、辛いでしょう？　やっぱり、お肉やお魚とかも欲しいと思うんですよね。それに茶色ばかりで緑がないのも良くないですし。今、そういうのを考えています」

愛理沙はそう言ってから、しばらく顎に手を当てて……

考え込み始めた。

それから、由弦に尋ねる。

「お腹《なか》、空いてます？」

「ああ、勿論」

「じゃあ……たくさん、食べてくださいね。いっぱい、作っちゃいますから」

愛理沙はそう言ってパチンと可愛《かわい》らしいウィンクをした。

一瞬だけ、由弦の心臓が大きく跳ねた。

※

ゲームも早々に切り上げ、由弦と愛理沙は近くのスーパーへと向かった。

そして必要な食材をいくつか、購入。

マンションへと戻ろうとした……

その帰り道。

「うん？……雨か」

ぽつりと、冷たい物が皮膚に触れて、由弦は思わず空を見上げた。

どんよりと、薄暗い雲が空を覆っている。

「少し急ごうか」

「そうですね」

由弦と愛理沙は少し早足でマンションへと向かう。

幸いにも本格的に降り始める前に帰ることができたが……

「こりゃあ、しばらく止《や》みそうにないな」

由弦はベランダの窓から外を眺めながら言った。

二人が部屋へと駆けこんでから、五分後にはすでに土砂降りになっていた。

「電車、止まったり遅れたりしなければ良いのですが……」

「少し、意識した方が良いかもな」

もっとも、最悪、タクシーを呼べば良いのだが。

由弦がお金を出してあげればいい。

愛理沙は申し訳ないと言うかもしれないが、しかし家に招いた以上、彼女を無事に帰すのが由弦の使命だ。

「じゃあ、由弦さんはいつも通り、大人しく待っていてください」

「……俺も少しは母親の手伝いとか、したことあるし。できること、あるかもしれないぞ？」

試しにそう言ってみると、愛理沙は首を左右に振った。

「お気持ちは大変、嬉しいです。でも、私には私のやり方があるので。それに……」

「それに？」

「もし、由弦さんの料理の腕が上がるようなことがあったら、私、困ってしまいますよ。立場がなくなります」

冗談半分、という様子で愛理沙は言った。

由弦の料理の腕が云々《うんぬん》というのは冗談だが……

自分の仕事を取られると立場がなくなる、という言葉は本音のようだ。

「分かった。では、大人しく待っているとしよう」

無理に手伝っても愛理沙の邪魔になるだけなので、由弦はここで引き下がることにした。

いつも通り、皿洗いだけ手伝えば良い。

それから時間が過ぎ去り……


時刻は十八時。

松茸を贅沢《ぜいたく》に使用した料理が完成した。

定番の松茸ご飯や、茶碗《ちゃわん》蒸《む》し、ホイル焼きから始まり……

松茸とほうれん草のバター炒《いた》め、松茸の天ぷらというちょっとした変わり種。

そして汁物としてはお吸い物。

松茸尽くしのメニューだ。

もちろん、色どりや栄養バランスも考えられているため、松茸以外の食材も使われている。

由弦は思わず感嘆の声を上げた。

「今日は……本当に豪華だな」

「何か、すみません。調子に乗って、作りすぎてしまいました」

愛理沙は頬《ほお》を掻きながら言った。

松茸という高級食材を前にして、少し張り切りすぎてしまったらしい。

「まあ、余った分は明日にでも消費するよ。せっかく、君の作ってくれた料理だ」

「そう言っていただけると、嬉しいです」

二人で手を合わせ、食事を始める。

もちろん、愛理沙の作った料理が不味《まず》いはずもなく、どれもとても美味しい。

しかし数々の料理の中で由弦が特に気に入ったのは……

「これは……美味《うま》いな」

茶碗蒸しだ。

海老《えび》と鰹《かつお》だしの濃厚な味。

そして松茸の上品な香りが口いっぱいに広がる。

舌触りも滑らかでとても心地よい。

「上手な人の手作りは全然、違うな」

「そう言っていただけると、幸いです。……得意なんです、茶碗蒸し」

愛理沙も自信があったらしい。

嬉しそうにほほ笑んだ。

それから二人は日持ちしなそうな物、冷めたら不味くなりそうなものは優先的に胃袋に収めた。

そしてお吸い物などの、再度温めれば食べられそうな物は、ラップを掛けて冷蔵庫に保存する。

最後に二人掛かりで洗い物を済ませてしまう。

そして……由弦は窓から、外を見た。

雨風はさらに強くなっていて、とても帰れそうにない。

「困ったな。……タクシーでも、呼ぶか？　タクシー代がないなら俺が立て替えるけど」

「さすがにそれは申し訳ないというか、由弦さんだって、お金に余裕があるわけじゃ……」

その時。

窓の外が一瞬、光った。

続いて、空が割れるような音が響き渡る。

そして……

「つきゃぁ!!」

「うわっ！」

愛理沙に押し倒された由弦は悲鳴を上げた。それと同時に……

むにゅり、と。

柔らかい物が自分の胸板に押し付けられるのを感じた。

体の上では、愛理沙がぷるぷると体を震わせている。

「お、おい、愛理沙。大丈夫か？」

「あ、す、すみません。だいじょうっひ！」

再び発生した落雷に、愛理沙は体をびくりと震わせた。

取り敢えず由弦は身を起こす。

愛理沙はぺたりと、腰が抜けたように座り込んだ。

「雷、苦手か？」

「い、今のは、び、びっくりしただけです。心構えができていれば、怖くないです」

愛理沙がそう言うのと同時に、雷が落ちた。

身を竦《すく》ませるが……しかし悲鳴だけは上げなかった。

そして由弦に対し、「ほら、大丈夫でしょう？」と言いたそうな表情を浮かべる。

「しかし、困ったな。……やっぱりタクシーか」

「ま、待ってください。く、車に落ちたらどうするんですか！」

「いや……でも車の中は安全らしいぞ？」

聞き齧《かじ》った知識ではあるが……

車や建物などに落ちた雷は、表面を伝って地面へと逃げる。

つまり内部は安全だ。

「……し、信号が、止まったりしたら危険です」

「ふむ。それは確かに、そうかもしれないな」

運転中に停電が発生し、それが切っ掛けで事故が起きるかもしれない。

それを考えると車も危険だ。

しかし……

「だが、電車はもっと危険だろう？」

「それは……そ、そう、ですけど……」

「まさか、泊まるってわけにも……」

「それです！」

ぽつりと由弦が呟くと、愛理沙は大声を上げた。

何を言っているんだと、由弦は目を見開く。

「いや、それです！　って……正気か？」

「正気です。……絶対に、帰りません。私はこの部屋から、出ません」

引きこもり宣言をする愛理沙。

由弦は思わず、頭を掻く。

　さすがに未婚の男女が同じ部屋で一夜を共にするのは不味い。

「あのなぁ……愛理沙。もしかしたら君は忘れているかもしれないが、俺は男だぞ？　危ないだろう」

「雷と由弦さんなら雷の方が危ないです。由弦さんなら、何が起きても、私が死ぬことはありませんから」

「いや……それは、まあ、そうなんだが」

　どうやら雷への恐怖で、危機意識や感覚がおかしくなっているようだ。

　勿論、由弦は愛理沙を襲うつもりはないので安全ではあるが……

　世の中には絶対はない。

　何かの〝弾み〟があると、非常に良くない。

「着替えも布団もないけど……」

「床で寝ます。着替えもいりません」

「……そうか」

　ちなみに布団やベッドはないが、寝袋ならある。

　着替えも、学校指定のジャージや体操着を貸せば良い。

「なら……君の保護者が許可を出すなら、良いよ」

「分かりました。養父に電話をします」

愛理沙はそう言うと、部屋の隅まで行き、電話を掛けた。

しばらくして、愛理沙は電話を切った。

「どうだった？」

「許可が出ました」

「そうか……」

由弦は思わずため息をついた。

もっとも、考えてみれば由弦と愛理沙は婚約者であり恋人……ということになっている。

なら、一泊するくらいは問題ないだろう。

勿論、間違いが起きないことが前提ではあるが。

「じゃあ……取り敢えず、シャワーを浴びてきて良いかな？」

「あ、はい。どうぞ」

由弦は愛理沙に許可を取ってから、手早くシャワーを浴びてしまう。

体を拭き、寝間着代わりのジャージに着替える。

……普段は一人なので裸で歩き回ってしまったりするが、今日はさすがにそういうわけにはいかない。

着替えを終えてから、由弦は愛理沙に声を掛けた。

「愛理沙。シャワー、浴びたいだろう？　バスタオルと、俺の体操着とジャージで良ければ、貸せるけど」

「すみません。ありがとうございます」

愛理沙はぺこりと、由弦に頭を下げた。

気にすることはない、と由弦はそう言ってバスタオルと自分の体操着・ジャージを手渡す。

それから愛理沙は少し考えてから……由弦に尋ねた。

「そ、その、由弦さん」

「どうした？」

「……下着、どうしましょうか？」

「悪いが、新品の女物の下着を持っているほど、準備は良くないぞ」

持っていたら持っていたで、凄い話である。

勿論、雨の中、コンビニまで買いに行くという手段はあるが……さすがに由弦もそれは嫌だった。

「それは、まあ、勿論、当たり前なのですが、その……可能であれば、替えたいなと、思ってまして。その……」

「そうは言ってもない物はないからな。そのまま身に着けたままにしていただくか、まぁ……なしの二択だ。君の自由意志に任せよう」

由弦がそう答えると、愛理沙は葛藤の表情を浮かべた。

下着は替えたい。

少なくとも、一日中、翌朝まで同じ物は着ていたくない。

だがなしというのはさすがに……

という表情だ。

由弦としては精神安定上、同じ物を身に着け続けていただきたいものだが。

「……考えておきます」

どうやら考える余地があるらしい。

とはいえ、愛理沙の自由意志に任せると言った以上はどうしようもないのだが。

由弦は脱衣所に入る愛理沙の後ろ姿を見送る。

しばらくすると、僅かに水音がし始めた。

「……」

少し気まずい。

そう思いながら、由弦は携帯を手に持ち、弄《いじ》り始める。

……そして、それは突然、起きた。

「ん？」

一瞬で辺りが真っ暗になった。

それから浴室の方から悲鳴が聞こえてきた。

「きゃぁぁぁぁ!!　た、助けて、助けてください!!　由弦さん!!!」

「……勘弁してくれ」

由弦は思わず大きなため息を漏らした。

とはいえ、助けにいかないわけにはいかない。

「今、行くから頑張れ！」

「は、早く……早く、た、助けてくださいぃ……」

由弦が大声を掛けると、気弱そうな声が返ってきた。

そういえば彼女は暗いのが苦手だと言っていた、と由弦は思い出す。

一先《ひとま》ず、携帯の灯《あか》りを頼りに脱衣所まで向かう。

そして浴室のガラス扉越しに愛理沙に話しかけた。

「おい、愛理沙。生きてるか？」

「ゆ、由弦さん!!　た、助けてください……む、無理なんです。く、暗くて狭い場所は……」

今にも死にそうな声が返ってきた。

「落ち着け。自力で動けるか？」

「む、無理です……は、早く、た、助けてください」

「いや、助けてと言われても」

この暗闇はおそらく、停電だ。

いくら何でも電気を何とかすることはできない。

由弦も愛理沙を助けてあげたいのは山々だが、彼女がお風呂場で全裸である以上はどうしようもない。

「……入って良いか？」

「はい！　はい!!　は、早く!!　も、もう、だ、ダメです……」

「諦めるな。目を瞑って入るから」

由弦はそう言うと、目を瞑ってから扉を開けた。

そしておそらく愛理沙がいるであろう場所に、携帯のライトを向ける。

すると、ひんやりした何かが由弦の体にくっついてきた。

「由弦さん!!」

「ば、馬鹿！　濡《ぬ》れたまま、くっつくな！　いや、濡れてなくてもくっつくな！」

由弦はそう言って愛理沙を掴んだ。

すべすべとした、滑らかな肌の感触がした。

彼女を自分の体から強引に引き剥がす。

そしてその手を取り、携帯を握らせた。

「これがあれば、何とかなるだろう？」

「は、はい……ありがとう、ございます」

「俺は目を瞑っているから。早く体を拭いて、着替えると良い」

由弦はそう言うと脱衣所から出て、その扉の前に背を向けて座り込んだ。

時折、愛理沙から「由弦さん……いますか？」「そこにいてくださいよ！」という念押しの声が聞こえてくるので、そのたびに答えて、励ましてあげる。

しばらくしてから、ゆっくりと脱衣室の扉が開いた。

光源が携帯の光しかないので分かりにくいが、ちゃんと上下にジャージを着ているようだ。

「お、お騒がせしました」

「まぁ……怖い物は仕方がないだろう」

全くだ。

と、そう言いたかったが本人も迷惑を掛けたくてやっているわけではないだろうと信じ、由弦は愛理沙を慰めてあげることにした。

そしてこのタイミングで電気が復旧した。

家中に灯りが戻る。

思わず、ため息をついた。

「いろいろ、タイミングが悪かったな」

「そ、そう、ですね」

それからもう一度、停電が発生する可能性を危惧し、早めに就寝の準備をしてしまうことにした。

と言っても、やることは寝袋を押し入れから取り出し、敷くだけだ。

しかしここで問題が発生する。

「いや、愛理沙。さすがに同じ部屋は……」

「だ、だって！　また停電が起こったら、真っ暗になっちゃうじゃないですか」

由弦と同じ部屋で寝ると、強弁する愛理沙。

「あのなぁ……大体、君は不安じゃないのか？　何度も言うが、俺も男なわけで。雷は実害があるかもしれないけど、暗くなるくらいは……」

「て、停電は危険です。同じ部屋で寝ていた方が、お互い、安全だと思います」

そう言う愛理沙の顔は真っ青だった。

ここまで必死に頼み込まれると、由弦としても無理強いはできない。

……いや、無理強いをしているのは愛理沙だが。

「何か、理由でもあるのか？　暗いのがダメな、理由が」

「それは……理由、は怖いから、ですけど。その、昔……」

幼い頃、何か失敗をするたびに、養母によって押し入れに閉じ込められたことが度々あった。

それがトラウマで、今でも暗い場所と狭い場所は苦手。

と、愛理沙は語った。

「その、由弦さんには、本当にご迷惑をお掛けして申し訳ないと、思っています。でも……」

「……まあ、そういうことなら、仕方がないだろう」

気にするなと、由弦は愛理沙を慰める。

幸いにも片方はベッド、もう片方は寝袋で寝ることになるため、高低差がある。

隣り合って寝るのは不味いが、これならば許容範囲だろう……と、由弦は勝手に一人で納得することにした。

「ところで、寝袋とベッドならどっちがいい？　……俺はどちらでも構わないが」

「ここでベッドを選択するほど、図々《ずうずう》しくありません」

想定通りの回答が返ってきた。

就寝時間。

由弦は愛理沙の望む通り、常夜灯を付けることにした。

（……意外に常夜灯って、明るいんだな）

普段は付けることがないので、気にしたことはないが……常夜灯はそこそこ、明るい。

今日は少し寝《ね》難《にく》いかもしれないと、由弦は内心でため息をつく。

もっとも明日は日曜日なので、特に問題はないのだが。

「停電になるなら、私の寝ている間になって欲しいです」

一方の愛理沙は少し不安そうな様子で常夜灯を見上げた。

今の明るさは、普段、常夜灯の下で寝ている彼女にとっては悪くないもののようだ。

「まあ……もし、君が目を覚ましている時に運悪く、再び停電になったら、起こしてくれ。

俺はトイレに行くとき以外はここにいるから」

「ご迷惑をお掛けして、すみません」

「気にするな。……じゃあ、おやすみ」

由弦は愛理沙にそう言うと、目を閉じた。

愛理沙もまた、「おやすみなさい」と口にする。

それから体感時間にして、十分後。

「……あの、由弦さん」

「ん？　どうした」

「あっ……起こしちゃいましたか？」

「いや、別に起きてたけど。……どうした？」

トイレにでも行きたいのだろうか？

と由弦は首を傾《かし》げた。

前回のホラー映画の時から日が経《た》っているので、それくらいはさすがに一人で何とかしてもらいたい。

「いえ、その……ドキドキして、眠れなくて」

ドクッと由弦の心臓が跳ねる。

勿論、愛理沙は特に深い意味でそう言ったわけではないのだろう。

修学旅行の夜のような、そういう独特のテンションだから眠れない……そんな感じだろう。

とはいえ、男の家に泊まっている女の子の「ドキドキして、眠れなくて」という発言は中々可愛らしく、同時に艶っぽく、そして意味深な感じもする。

少し勘違いしそうになる程度には。

「由弦さんは、どうですか？」

「まぁ……俺も少しは緊張しているけど」

勿論、愛理沙の「ドキドキ」とは微妙に異なるが。

もっとも、愛理沙と同様にこの独特な状況にワクワクしたりする気持ちが全くないわけではない。

　このまま無理に寝てしまうのも、少し味気ない。

「しりとり、でもするか」

「良いですね。……じゃあ、『リ』からですね。リンゴ」

「ゴリラ」

「ラッコ！」

「コアラ」

「ら……ラクダ！」

「『だ』か。……抱き枕」

「ちょ、ちょっと！　『ら』ばっかり、狡《ずる》いですよ‼」

「しりとりはそういうゲームだからさ」

「むむ……」

　しりとりを始めて、十分ほどが経過した。

「『ら』『ら』『ら』……」

『ら』から抜け出せていない愛理沙は、ぶつぶつと呟いていたが……

　その声は途中で途切れてしまった。

　それから可愛らしい、寝息が聞こえてきた。

由弦は寝返りを打つフリをして……

愛理沙の顔を覗《のぞ》き込んだ。

とても無防備で、か弱く、可愛らしい寝顔だ。

つい、襲ってしまいたくなるほどに。

「全く……」

由弦はため息をついた。

そしてふと、疑問を抱いた。

（……そう言えば、今の愛理沙は、下着を着ているのか？）

その夜、由弦は悶々《もんもん》とした時間を過ごすのだった。

※

それは愛理沙が由弦の部屋に泊まった、翌日のこと。

「あぁ……もう、私のバカ……」

愛理沙は一人、自室のベッドの上で身《み》悶《もだ》えていた。

理由はもちろん、由弦の前でやらかしてしまった様々な失敗だ。

「み、見られて……ないですよね？」

いろんな失敗をやらかしてしまった気がするが、愛理沙にとって最大の失敗は入浴中に起こった停電……その時に由弦に助けを求めたこと、そして全裸で抱き着いてしまったことだった。

あの時は恐怖と混乱でそれどころではなかった。しかし……

「く、暗かったし……でも、由弦さんは携帯を持ってたし……」

由弦に体を見られていないか。

今更になって、とても心配になってきた。

水着を見られるのは、別に問題ない。

だが全裸はダメだ。なぜダメなのか、理由を考えるまでもなくダメだ。

「……でも、由弦さんは、そんなに気にしている様子は、なかった、ですよね？」

やはり見られていないのか。

いや、由弦は紳士だ。たとえ見ていたとしても、それを態度に出していないだけなのかもしれない。もしくは……

「私に興味ないとか……」

少し沈んだ声で愛理沙はそんなことを呟いた。

やらかしてしまった失敗の一つに、由弦の部屋で一緒に寝たというものがある。

はっきり言ってしまえば、あまりにも無防備な行動だった。

しかもあの時、愛理沙は下着を身に着けていなかった。

間違いが起きても、おかしくなかった。

しかし……何も起きなかった。

「やっぱり、興味ないのかな……」

もちろん、愛理沙としては由弦を誘ったつもりは全くない。

今にして思えばとても無防備で危険な行動だったが、あの時は由弦よりも雷や暗闇の方が怖かったのだ。

由弦のことを信用していたというのもある。

「はぁ……」

思わず、愛理沙はため息をついた。

そして顔を手で覆う。

自分の顔はとても熱くなっていた。

「……由弦さん」

愛理沙は自分の〝婚約者〟の名前を呟く。

もはや、誤魔化すまでもない。

愛理沙は由弦のことが好きだし、恋をしている。

さすがに婚約者やら結婚は早すぎるし、考えられないが……恋人になれたら楽しいだろう、素敵だろうと思っている。

……もっとも、愛理沙の片想《かたおも》いではそれは叶《かな》わないが。

「自信は……ないことは、ないんだけれど……」

積極的に公言することはないが、愛理沙は自分の容姿が優れていることを自覚している。

あまり考えたくはないが、男性が好むであろう、性的な魅力に富んだ体付きをしていることも承知だ。

それが原因で嫌なことも、数多く経験している。

だからこそ……想い人である由弦も、きっと自分の容姿には魅力を感じてくれているだろうと考えていた。

「……そうですね。見た目は、大丈夫ですよね。由弦さんは紳士だから、強引なことはしないだけで……実際、私に何も感じていないわけでは、ないですもんね」

それは間違いない。

実際、由弦の視線が愛理沙の胸部に向くことはある。

ちゃんと、愛理沙の〝見た目〟には興味を持ってくれている。問題は……

「……性格、か」

愛理沙は小さくため息をついた。

正直なところ、愛理沙は自分の性格が良いとは欠片《かけら》も思っていない。

むしろ悪いと思っている。

学校では上手《うま》く取り繕ってはいるが、由弦の前では少し素を曝《さら》け出《だ》してしまっている。

高瀬川由弦は察しが良い男だ。

愛理沙の性格があまり良くないことも見抜いているだろう。少なくとも愛理沙は隠し通せている自信はない。

「やっぱり、面倒くさいから……無視しているのかな……」

由弦は決して鈍い男ではない。むしろ感情の機微には鋭い人間だ。

だからきっと、自分が由弦に恋をしていることも、分かっているはずだ。分かっていてもおかしくはない。

それなのに、何もしない。

それはきっと、愛理沙と恋人になるのは面倒くさいと思っているからだろう。

だから敢えて無視しているのだ。

きっと、そうに違いない……

「……良くない、癖ですね」

愛理沙は大きく首を横に振った。

つい、思考が後ろ向きになってしまった。

「……由弦さんは誠実な人。面倒くさいからと言って、無視したりはしない……多分」

もし本当に面倒くさいと思っていたら、「俺にそういう気持ちはない」ときっぱり言ってくれる。

それを言わないということは、きっと愛理沙に対してそれなりに好意があるのだ。

……「好き」と、はっきりと明言してくれるほどではないにしても。

「もっと、アピールした方が良いのかなぁ……でも、あまりやりすぎると、恥ずかしいし、はしたないと思われたら……」

どうしよう、どうしよう。

顔を赤らめながら、愛理沙はベッドの上で転がるのだった。

第四章　〝婚約者〟の気持ち

秋も深まってきた、十月中旬。

その日は由弦《ゆづる》の誕生日だった。

「というわけで、由弦さん。……その、誕生日ケーキを焼いてきました」

家に上がると、愛理沙《ありさ》は持ってきた二つの紙袋のうち、一つを由弦に手渡した。

少し甘い香りがすると思ったので、おそらくはケーキだと予想はしていたが……

「焼いてきた？」

「はい」

「誰が？」

「私が」

これには由弦も驚きで目を見開いた。

今までの人生で、手作りケーキなど、一度も食べたことはない。

由弦の家では、ケーキは購入するものだ。

「なんか、悪いな」

「いえ、普段から由弦さんにはお世話になっていますから。……その先日も」

「あ、あぁ……」

先日。

愛理沙は由弦の家に〝お泊まり〟したのだ。

もっとも、その翌日にはお礼として朝食を振る舞って貰《もら》ったので由弦からするとすでに恩を返して貰った形にはなるのだが。

「まあ、とにかく。せっかくだし、早速貰って良いかな？」

「はい」

愛理沙から許可を頂き、由弦は紙袋を開ける。

中には保冷剤と紙箱が入っていた。

箱を取り出し、中を開ける。

「おぉ……本格的だな」

中に入っていたのは、チョコレートのホールケーキだ。

大きさは二人で食べるには、やや多い程度か。

もっとも食べきれない分は、明日にでも食べれば良い。

由弦は包丁を台所から持って来て、ケーキを切り分けた。

珈琲《コーヒー》を用意し、手を合わせる。

「では、いただきます」

フォークでケーキを切り、口に運んだ。

濃厚で上品なチョコレートの味が口に広がる。

「どうですか？」

「美味《おい》しいよ。珈琲によく合う」

由弦がそう褒めると、愛理沙は僅かに目を逸《そ》らした。

頬《ほお》が赤く染まっている。

「そう、ですか。……ありがとう、ございます。まあ、市販のプロが作った物と比較すると、味は落ちると思いますが」

「そうかな？　遜色ないレベルだとは、思うけど」

「それは多分、由弦さんの好みの味に合わせたからです。珈琲と合わせて食べることを考えて、由弦さんはこういう味が好きなのかなと。気に入っていただけて、幸いです」

プロは商品として作っているので、できるだけ大衆の口に合うように作る。

それに対し、愛理沙は由弦が美味しいと思ってくれればそれでいいので、由弦の好みに合わせた。

だから愛理沙の方がプロよりも腕は劣るが、食べた時の感想は遜色ないように感じる。

……と、そういう絡繰《からく》りのようだった。

「それは、また。至れり尽くせりだな。……というか、俺の好みなんて、よく分かるね」

これで十六年、生きていることになるが……

しかし自分の好みの味なんて、厳密に言語化できるほど自分自身に詳しくない。

「もう半年以上、一緒にいますから」

そう言って愛理沙は微笑《ほほえ》んだ。

由弦は思わず頬を掻《か》く。

自分の好みを覚えてくれて、そしてそれに合わせて料理を作ってくれる。

大変うれしいが……

しかし勘違いしそうになる。

(ダメだな……良くない)

愛理沙のことは好きになってはいけない。

由弦はそう思っている。

〝婚約〟関係を続ける以上、これは守らなければならない一線だ。

「君も食べたらどうだ?」

「そうですね」

複雑な気持ちを誤魔化《ごまか》すために、由弦は愛理沙にそう提案した。

　愛理沙もまた、フォークを手に取り、口に運んだ。

「どうかな？　自分のケーキの味は」

「八十点ですね」

「満点じゃないのか？　手厳しいな」

「勿論《もちろん》、全力は出しました。でも……もう少し、改善の余地はあったかなと思っています」

　今のままでも十分に美味しく感じる。

　が、愛理沙はこれ以上の味の向上を目指しているらしい。

「あまり頑張りすぎるなよ？　君はもう少し、肩の力を抜いた方が良いと思う」

　勿論、由弦のように適当なのもそれはそれで問題ではあるのだが。

　愛理沙はいろいろと気を張りすぎている気がしてしまう。

「頑張る……というのは、ちょっと違います」

「どう違うんだ？」

「由弦さんのために料理をするのは、楽しいです。喜んでもらえるのは、嬉《うれ》しいです。だから……そんなに頑張った気にはならないです」

「まあ、君がそう言うなら」

　本人が楽しんでくれているなら、息抜きになっているというなら、由弦としても特に止める理由はない。

勿論、それが当たり前になり、半ば強制するような状態になるのはあまりよろしくない。

だから普段から、愛理沙に対しては「無理はしなくてもいい」と伝え続けるつもりでいる。

「そうだ。由弦さん……お誕生日プレゼントを、用意させていただきました」

愛理沙はそう言って、もう一方の紙袋から綺麗《きれい》に包装された箱を取り出した。

可愛《かわい》らしいリボンで飾りつけられている。

「その、つまらないものですが」

「ありがとう。……ケーキにプレゼントまで、すまないな。開けて良いかな？」

「どうぞ」

由弦は丁寧に包装とリボンを取り外し、箱を開けた。

中から現れたのは……

「ブレスレット？」

革紐《かわひも》を編んで作られた、お洒落《しゃれ》なブレスレットだった。

一目でかなり手の込んだものだと分かる。

「はい。……その、何か買おうかなとも思ったのですが、思いつかなくて。亜夜香《あやか》さんにアドバイスを伺ったら、手作りが一番だと言われて。その、お粗末かもしれませんけど……どうですか？」

由弦は愛理沙の言葉に対してすぐには答えず、時計を嵌《は》めている左手首にブレスレットを着けてみた。

時計にはそこそこ拘《こだわ》っていて、良い時計を着けている自信があるが……ブレスレットのデザインはその時計によく合っているように見えた。

中々、カッコ良く、由弦の趣味にも合致している。

「ありがとう。気に入ったよ。これから、着けさせて貰う」

由弦がそう答えると、愛理沙はホッと息をついた。

しかしそれでも……彼女はまだ、どこか心配そうだった。

「はい。……気に入っていただけて、良かったです。でも、その、あまり良い出来の物ではないので。嫌だったら、無理して着けてくれなくても……」

不安そうに言う愛理沙の頭へ、由弦は手を伸ばした。

そしてその亜麻色の髪を優しく撫《な》でる。

美しい翡翠色《ひすいいろ》の瞳が僅かに潤む。

「君の手作りを喜ばない男は、この世にいないよ。俺は幸せ者だ。……本当に嬉しいよ」

「……はい。ありがとうございます」

愛理沙は心地よさそうに目を細めた。

ところでその日の土曜日は由弦の誕生日ではあるが……

実は次の全国模試まで、あと四日を切った日でもあった。

そのため楽しいお誕生日気分はそこそこ。

由弦と愛理沙は勉強道具を広げ、復習をしていた。

国語の現代文などは今更やってもどうしようもないので、取《と》り敢《あ》えずは古漢や英語の文法や単語の確認、数学の演習などを行う。

「由弦さん、今回は張り切ってますね」

「今回は打倒、亜夜香ちゃんを狙おうかなと真剣に考えている。〝高瀬川《たかせがわ》〟として、いつまでも〝橘《たちばな》〟に負けるのは癪《しゃく》だからね」

勿論、愛理沙のやる気や勉強の姿勢に触発されてというのも、理由のうちの一つだが。

「由弦さんが打倒、亜夜香さんを狙うなら……私は打倒、由弦さんですね」

「なら、君が一位で俺が二位になるな。お互い、頑張ろうか」

と、由弦と愛理沙がやる気を出していると……

それを妨害するかのように、由弦の携帯が鳴った。

「噂《うわさ》をすれば、亜夜香ちゃんからだ」

送られてきたメッセージ。

その内容は『明日、デートしよう』だった。

「デートって……なんだよ。勉強会か？」

そう思った由弦は『勉強会？』と打ち返した。

すると亜夜香からは、それを肯定するような内容のスタンプが返された。

『私と宗一郎《そういちろう》君と千春《ちはる》ちゃんは内定』

『宗一郎君は、良善寺《りょうぜんじ》さんを、千春ちゃんは凪梨《なぎり》さんを誘ってる』

『ゆづるん、愛理沙ちゃんと一緒に、来て？』

由弦はその画面を愛理沙に見せた。

そして尋ねる。

「どうする？　ちなみに言っておくと……多分、まともに勉強はできないぞ。勉強会を名目に、遊ぶ気満々だろうし」

勿論、勉強会と言う以上は勉強はするのだろう。

亜夜香は少しやるだけでも何とかなってしまうタイプで、また宗一郎はああ見えて要領が良い男なので、最低限のことはやる。

……千春は弾《はじ》けて遊んでしまうようなタイプだが。

とはいえ、一人でやるよりは身が入るだろう。

「お勉強会、ですか。……行ってみたいです」

「大丈夫か？」

「はい。……まあ、それに三日前に少しやったくらいで、そう大きく、試験結果が変わるわけでもないと思います」

「まあ、それもそうだね」

由弦も愛理沙もまだ高校一年生。

そこまで模試の結果に固執する必要はない。

〝紙〟よりも人付き合いの方が大切だ。

「じゃあ、行くと返答しよう」

「よろしくお願いします」

由弦は亜夜香に対し、『愛理沙と一緒に行く』と返事を出した。

尚《なお》、その後すぐに『随分と早い返答だね。愛理沙ちゃん、そこにいる？』と返ってきて、由弦は亜夜香の勘の鋭さに舌を巻いた。

※

日曜日の朝。

勉強会の会場となる亜夜香の家の最寄り駅で、由弦と愛理沙は待ち合わせた。

「お待たせしてしまいましたか？」

「いや、今、俺も来たばかりだから。じゃあ、行こうか」

愛理沙は亜夜香の家を知らない。

だから由弦が案内することになったのだ。

「まあ、目立つからすぐに分かるよ」

「……亜夜香さんのお家も、やっぱり大きいんですか？」

「それなりにね」

そうこうしているうちに、亜夜香の家――橘邸――に到着した。

愛理沙は驚きで目を見開く。

「これはまた、お洒落ですね」

「明治時代に建てられた、擬洋風建築だ。ちょっとした文化遺産だよ」

亜夜香の家は由弦の家とは全く異なる。

美しい赤煉《あかれん》瓦《が》で作られている、洋風建築だ。

もっとも……厳密には『擬洋風建築』と呼ばれているもので、要するに〝なんちゃって〟ヨーロッパ風である。

洋風をベースにしつつ、日本風・中国風のデザインや意匠が取り込まれている。

「そう言えば、由弦さんのお家も古いんですよね？」

「まあ……何度も建て替えてるし、リフォームを重ねてはいるが……基盤が出来たのは、この屋敷と同じくらいだろうな」

勿論、厳密には年代は微妙に異なるのかもしれないが。

立ち話もそこそこに、由弦はインターフォンを鳴らした。

「もしもし、お招きいただいた高瀬川由弦です」

『合言葉は？』

「そんなものはない」

『よろしい』

しばらくすると、外門が開いた。

ニコニコと笑顔の亜夜香が立っていた。

「ようこそ。まあ、入ってよ」

招かれるままに外門を潜り、邸宅の中に入る。

石畳の上を歩き、そして屋敷の玄関へと上がった。

「お邪魔します」

「失礼します」

玄関に上がると、壮年の男性が由弦と愛理沙を出迎えた。

由弦は軽く頭を下げる。

続けて愛理沙も頭を下げた。

「本日はお世話になります、橘さん」

「お招きいただき、ありがとうございます。雪城《ゆきしろ》愛理沙です」

由弦と愛理沙が挨拶をすると、壮年の男性はどこか冷めた表情で、冷淡な声で返答する。

「いつも姪《めい》がお世話になっている……由弦君。そして初めまして、雪城さん。あなたの御《お》父上《ちちうえ》……天城《あまぎ》さんのお噂は、かねがね伺っている」

それから男性――亜夜香の叔父――は短く、「ゆっくりしていってくれ」と言うと屋敷の奥へと立ち去っていってしまった。

愛理沙は不安そうに亜夜香と由弦に尋ねる。

「……何か、粗相をしてしまったでしょうか？」

愛理沙を安心させるために由弦は答えた。

「あの人はいつも、あんなんだろう」

亜夜香の叔父。

橘家現当主（自称当主〝代行〟）、橘虎之助《とらのすけ》は非常に寡黙で、常に不機嫌そうに見える。

が、実際は人付き合いが苦手なだけだ。

「実はあれで、今日は機嫌良いから。叔父さんはね、クーデレなんだよ」

ケラケラと笑う亜夜香。

叔父と姪の関係にあるにもかかわらず、二人の性格はあまり似ていない。

「そう、ですか。……あ！　あの、これ、お土産……渡し忘れちゃいました」

愛理沙はそう言って亜夜香に紙袋を手渡した。

彼女が養父から手土産として持たされたお菓子だ。

「あら、ありがとう。別に気を遣わなくても良いのに。まあ、あとで開けさせて貰うよ」

そう言って亜夜香は愛理沙から紙袋を受け取った。

そして軽く手招きする。

「じゃあ、上がって」

「ああ」

「改めて、お邪魔します」

由弦と愛理沙は靴を脱ぎ、スリッパに履き替えて長い廊下を歩く。

外観も赤かったが……廊下には真っ赤な絨毯《じゅうたん》が敷かれているので、中もいろいろと赤い。

「相変わらず、吸血鬼でも住んでそうな家だな」

「カッコよくて良いでしょ？」

由弦にとっては、何度も訪れたことがある家なので、別に珍しくはない。

だが愛理沙にとっては、いろいろと興味深いらしい。

キョロキョロと辺りを見渡しながら歩いている。

「ゆづるん、愛理沙さんの二名、ご到着でーす！」

そう言って亜夜香は部屋の扉を開けた。

美しい大理石のテーブルに、それを取り囲む革張りのソファー。

そこに座るのは四名。

佐竹《さたけ》宗一郎、上西《うえにし》千春、良善寺　聖《ひじり》、凪梨天香《てんか》だ。

どうやら由弦たちが最後だったようだ。

「遅刻だな」

「罰ゲームが必要じゃないですか？」

「待ってたぜ、由弦、雪城さん」

「お久しぶりね。高瀬川君、雪城さん」

ちょっと胸焼けがするほどの濃さだな。

と、由弦は内心で一人、思った。

「私、思うんだよね。模試の前に勉強をするって、おかしいと思うんだよ」

勉強を始めて一時間半。

唐突に亜夜香がそんなことを言い始めた。

「なぁ、亜夜香。今日、この会を主催したのは誰だ？」

宗一郎がやや呆《あき》れ声で亜夜香に尋ねる。

亜夜香は首を傾《かし》げた。

「私だけど？」

「この会は何の会だっけ？」

「勉強会だね」

「自分で自分の主催した会の開催理由を否定するな」

尤《もっと》もな突っ込みを宗一郎は入れた。

それに対し、亜夜香は「まあまあ、私の言い分を聞いてよ」と手で制した。

「模試って、自分の立ち位置を測るためにやるわけじゃん？　だからさ、重要なのは日頃の勉強なわけよ。直前にチョロってやって、数点分の点数を上げたとしても、何の意味もないと思うんだよね」

「そういうのは普段から勉強を積み重ねている子が言う台詞《せりふ》で、君のように普段は何もしていない……どころか授業中に睡眠をしている子が言う台詞ではないと思うけどね」

由弦がそう言うと、亜夜香はにんまりと笑った。

「でも、私、前回も校外模試、校内順位はトップだし」

「……まあ、それについては何も言い返せないが」

実際のところ、由弦も普段から真面目に勉強をしているということはなく、授業内容の理解だけに努めている程度なので、人のことをとやかく言えない。

「さすが亜夜香さん！　その通りです。今更足掻《あが》いても無駄ですよ！　もう、やめましょう！」

「千春、お前は勉強しろ。……親に怒られたんだろ」

亜夜香に賛同するかのように立ち上がる千春の肩を、宗一郎が強引に掴《つか》み、座らせる。

少し集中力が途切れたのか、今まで口数もそこそこでちゃんと勉強をしていた愛理沙はペンを置いた。

そして疑問を口にする。

「でも、今回の模試って前回の模試よりも、重要でしたよね？　名前も『高難易度模試』ですし」

「前回のやつよりも、難易度の高い問題が出る……って、触れ込みだったな」

愛理沙の言葉に由弦は同意した。

それに続き、千春の横に座り直した宗一郎が続ける。

「偏差値も上がり難《にく》いらしいな。受ける層が高くなるから、差がつきにくいと聞いている」

すると紅茶を飲んでいた天香が眉を上げた。

「それは出題される問題次第だと、思うけれどね。出題側が手加減を間違えて、誰も解けないような問題ばかり出せば、人によっては偏差値が上がるんじゃない？」

そのタイミングで、誰かが大きなため息をついた。

それは聖のものだった。

「お前ら、偏差値、偏差値って……偏差値人間か？　こんな時によくもまあ、そんなつまらない話ができるな」

「それは聖君だけでしょう。私は楽しいわよ？　偏差値。前回の模試、良かったから。大変ねぇ、同情するわ」

「あのぉー、天香さん。それ、私にもクリティカルなので、やめてもらえませんかぁー」

聖を煽《あお》る天香、そして流れ弾で負傷する千春。

一方、聖の方は天香に毒づく。

「うるせぇよ。配慮しろ、配慮。世の中にはな、偏差値なんて言葉が嫌いな奴《やつ》や、そもそも無縁な人間もいるんだよ」

それに対し、千春も同意の言葉を口にする。

「そうですよ。学校はつまらないのに、学園恋愛物がどうして面白いか、分かりますか？　授業シーンはカットされているからです」

しかし、残念ながら千春や聖は偏差値という言葉と無縁な人間ではない。

というより、むしろ前回の結果を考えると、しっかりと意識しなければいけない人間だ。

「まあ、今回の会合は〝勉強会〟なんだけどな。特に君たち二人は、真剣にやらなければ不味《まず》いんじゃないか？」

由弦がそう言うと、二人は大きなため息をついた。

そしてジト目で由弦を睨《にら》む。

「正論ばかり言ってると嫌われるぞ」

「ロジハラはやめてください」

すると愛理沙が、くいくいと可愛らしい動作で由弦の服を引っ張った。

そしてその蠱惑的《こわくてき》な唇を由弦の耳元に近づける。

「……正論だと思っているなら、どうしてやらないのでしょうか？」

「それ以上に面倒くさいからだろう。……俺が掃除をしなかったことと、理由は同じだね」

由弦自身も「掃除をしないと……」と思いながらも、愛理沙に迷惑を掛けるまで本腰を入れてやらなかった。

要するに危機意識や切っ掛けの問題だ。

「まあ、落ちれば本気を出すだろ」

「……落ちてからでは遅くないですか？」

「でもうちの高校の半数以上は浪人するらしいぞ？」

「え？　……そうなんですか？」

「明らかに落ちそうでも、教師の方が止めないらしい」

「へぇ……」

「まあ、今のままだと聖と千春はそのコースだな。俺たちはあれを反面教師にして……」

「聞こえてるぞ」「聞こえてます」

千春と聖は今日が実質、初対面のはずだが……

知らないうちに仲良くなったらしい。

由弦は肩を竦《すく》めた。

「何か話が逸れたけどさ、要するに私が何を言いたいのかというと、遊びたい。せっかく、こんなに集まってるのに！」

「なら模試の後に召集しろよ……」

由弦がそう突っ込むと、亜夜香は頬を赤らめてもじもじとし始めた。

「えー、だって天香ちゃんと私とか、全然接点ないし？　いきなり遊びたいって言っても来てくれないかなぁーって。ねぇー、天香ちゃん」

そう言って亜夜香は天香の肩に自分の頭を寄せた。

「え、ええ……そうね」

亜夜香にウザ絡みされ、困惑の表情を浮かべる天香。

クールな彼女も亜夜香にはやや振り回されがちのようだった。

由弦は紅茶を飲みながら、この面子の組み合わせについて少し考える。

この中には間接的には面識はあるものの、それほど普段は接点がない者が何人かいる。

また顔を合わせたことはあるものの、それほど親しくない者同士もいる。

由弦にとってあまり接点がないのは天香。

愛理沙にとっては聖と天香、宗一郎。

宗一郎にとっては天香と愛理沙。

亜夜香にとっては聖と天香。

千春にとっては聖。

聖にとっては亜夜香と千春と愛理沙。

天香にとっては、由弦、愛理沙、宗一郎、亜夜香。

という具合だ。

なので親睦を深めるために遊ぶというのは、悪くない選択肢ではある。

……この時期にやることかと言われると、少し話は変わるが。

「遊ぶかどうかはともかくとして、そろそろお昼時ではありますね。一度、休憩をするというのはどうですか？」

そう提案したのは愛理沙だった。

全員の集中力が切れてきたタイミングなので昼休憩を入れるのは悪くないかもしれない。

「それは良いね！　じゃあ、何か出前でも、頼もうか」

亜夜香の賛同により、一度昼休憩を入れることになった。

問題は何の出前を頼むかだが、大人数でシェアするにはピザが一番良いだろうということになった。

そして注文から数十分、ピザが到着したのだが……

「……愛理沙、もしかして初めて？」

ピザの箱を前にして、ちょっとソワソワとしている様子の愛理沙に、由弦は尋ねた。

すると愛理沙は少し目を見開く。

「……顔に出てました？」

「いや、まあ……」

顔というよりは雰囲気に出ていたというのが正しい。

半年の付き合いなので、僅かな愛理沙の体の動きや表情、声の変化から、その感情の機微を読み取れるようになってきている。

「あまり、頼まない感じの家庭なので。……もちろん、ピザは食べたことはありますけれど。こういう宅配のピザは初めてです」

天城家はこの手のジャンクフードはあまり好まない家庭のようだ。

家族が食べないとなると、どうしても食べる機会はなくなる。

「じゃあ、今日はピザ記念日だね」

「あはは、そうですね」

由弦の言葉に愛理沙は小さく笑った。

とても可愛らしく、そして自然な笑顔だ。

最近は表情も以前と比べて、随分と豊かになってきた。……その分、由弦もドキッとしてしまうことも増えてきたので、少し困りどころではあるが。

「どう？　愛理沙」

もぐもぐと、初めての（宅配）ピザを頬張る愛理沙に由弦は感想を尋ねる。

一見するといつものクールで平静な態度を保っているため、その感情は読みにくい。

「んっ……美味しいです」

その声音は僅かに蕩《とろ》けているように聞こえた。

いつもは闇が広がり、生気が感じられないその翡翠色の瞳も、今は光が灯《とも》っている。

こういう時の愛理沙は……少し、いや、かなり可愛い。

「……愛理沙さん、可愛いですよね」

「はい？」

唐突に千春にそんなことを言われ、愛理沙は戸惑いの表情を浮かべた。

丁度愛理沙の前に座っていた千春は、やや危険な香りのする笑みを浮かべ、彼女をじっと見つめる。

「いつもはクールって感じなのに、急に可愛いところを見せるんですよね。たまらないです」

「そ、そう……ですか。それは……ありがとう、ございます」

何と答えれば良いのか分からなかったのか。

愛理沙は千春にお礼を言った。

すると、亜夜香が会話に割り込んできた。

「クール系と言えば、天香ちゃんも可愛いよね！」

「はい？」

我関せずという態度でピザを食べていたところで、唐突に自分の名前が出てきたことで天香は困惑の声を上げた。

天香の側に座っていた亜夜香は、彼女との距離を詰める。

「天香ちゃんはツンツンしてるけど、たまにデレるよね。あと、恥ずかしがり屋。あ、顔が赤くなった。可愛い！」

「い、いや……ちょっと、やめて。橘さん」

「私のことは亜夜香で良いって言ったじゃん。ねぇー、天香ちゃん」

グイグイと来る亜夜香に対し、天香は恥ずかしそうに顔を赤らめながら、距離を取ろうとする。

そんな態度がますます、亜夜香の嗜虐心《しぎゃくしん》を煽るらしい。

さらに距離を詰めようとするが……

「やめんか」

「痛い、痛いよ！　宗一郎君!!」

宗一郎に首を摑まれ、亜夜香は引き剝がされた。

それから宗一郎は愛理沙に近づこうとする千春を軽く睨む。

びくりと、千春は引《ひ》き攣《つ》った表情を浮かべて、大人しくソファーに座り直した。

「そう言えば、食べ終わった後、何して遊ぶ？」

そして誤魔化すように亜夜香はそんなことを言いだした。

遊ぶ前提だ。

とはいえ、由弦としても今から勉強をする気分にはなれない。

食後には眠くなってしまうことを考えると、息抜きも兼ねて遊びたい。

「王様ゲームでもするか？」

宗一郎がそんな提案をした。

親睦を深めることができ、かつ大人数であることを生かすということを考えると最適なゲームだ。

「王様ゲームか……うん、良いね」

「王様ゲーム！　良いですね!!」

　亜夜香と千春は宗一郎の意見に賛同し……そして何故《なぜ》か愛理沙と天香の方を見た。

　二人はきょとんと首を傾げる。

「言っておくが……君たちも命令される可能性があることを念頭に入れておけよ」

　由弦は亜夜香と千春が無茶《むちゃ》な命令をしないように釘《くぎ》を刺した。

　一方、聖は愉快そうに笑う。

「良いじゃないか。報復の可能性も含めて、王様ゲームだ」

　一応、全員が乗り気になったらしい。

　早速、亜夜香が全員分のクジを作成する。

　そして……

「「「王様だーれだ!!!」」」

　良識とノリの良さが試される、人間性が如実に表れるゲームが始まった。

※

　かくして王様ゲームが始まった。

　宗一郎が千春に寝技を仕掛けられ、亜夜香はスクワットをやらされ、天香は橘邸の周りを全力で一周させられた。

宗一郎はゲームが終わるまで女口調、聖は言葉に意味不明な語尾を付けることをゲームが終わるまで続けることを命令された。

そして六番目の王様は……

「私ですね」

千春だった。

千春は少し考えてから……ニヤリと笑った。

「そうだ、こうしましょう。どんな感じの異性が好きか、話してください。勿論、好きな人の名前を言っても良いですよ？　番号は……七番！」

そして七番のクジを持っていたのは……

由弦だった。

思わず由弦は頭を掻いた。

「どんな感じの異性？」

「はい。当然、ありますよね？」

ニヤニヤと千春は笑いながら由弦を問い詰めた。

由弦は思わず……一瞬だけ、愛理沙の方を見てしまった。

そして愛理沙も由弦の方を丁度、見ていた。

二人の視線が交差する。

由弦は自分の顔が熱くなるのを感じた。

思わず、視線を逸らす。

「さあ、早く……」

「……そう、だな」

由弦は少し考えてから、答えた。

「俺の全部を受け入れて、でも、悪いところは悪いって叱ってくれる人、かな？」

「へぇ……ところでそれって、もしかして……」

「もう答えたから良いだろ！　次に行こう、次に！」

由弦は大声で千春の言葉を遮った。

そして強引に王様ゲームを進行させる。

それから次に王様となったのは……

「ようやく私の手番が回ってきたね」

亜夜香だった。

女王様亜夜香は腕を組み、うんうんと悩み始める。

「本当は好きな人を言うとか、そういうのを命令するつもりだったんだけれど……千春ちゃんに先を越されちゃったしなあ」

どうやら温めていた命令は、先に千春に言われてしまったらしい。

2
3

　亜夜香はしばらく悩んだ末に……ポンと手を打った。

「そうだ、こうしよう。告白されたいシチュエーションとか、好きな人に言われたい言葉を言う！　えっとねぇ……じゃあ、三番！」


「……私ですね」

　聞きなれた可憐《かれん》な声に、由弦は思わず胸を高鳴らせた。

　由弦は自分自身が非常に緊張していることを自覚した。

「こ、告白の……し、シチュエーション……ですか」

「うんうん、プロポーズでも良いよ？」

　チラッと、愛理沙は由弦の方を見てきた。

　その顔は……トマトのように真っ赤だった。

「具体的にと言われると、まだ実感が湧かないので答えられないですけれど……」

　恥ずかしそうに、もじもじする愛理沙。

　その仕草はとても可愛らしい。

　そんな愛理沙の声に由弦は耳を傾ける。

「ロマンティックな感じが、好きです。……特別な日に、特別な場所で、特別なプレゼントと一緒にとかが、良いです……」

そう言ってから愛理沙はもう恥ずかしくて言えないと言いたそうに、顔を両手で覆った。

さすがの亜夜香もそんな愛理沙に無理強いはできないらしい。

「だってさ、ゆづるん」

唐突に標的を変えてきた。

その言葉は当然由弦にも、そして愛理沙にも聞こえていた。

二人揃《そろ》って顔が赤くなる。

「揶揄《からか》うのはやめてくれ、亜夜香ちゃん」

「そ、そうです……私たちは、そんなんじゃ、ないですから……」

由弦と愛理沙がそう言うと、亜夜香はニヤニヤと笑い……

「ん？　何のことかな？　私、分かんなーい」

しらばっくれた。

墓穴を掘った由弦と愛理沙は、いたたまれない気持ちになった。

※

「結局、勉強はあまり捗《はかど》らなかったね」

帰り道。

由弦は愛理沙に苦笑しながらそう言った。

勿論、彼ら彼女たちと一緒に勉強をすればおそらく勉強は捗らないであろうことは初めから分かってはいたのだが。

「……なんか、すまないな」

由弦の勉強が捗らないことは良いのだが、愛理沙の勉強まで潰してしまったことは申し訳がなかった。

何となく、由弦は愛理沙を悪の道に引きずり込んだような気持ちになった。

一方、愛理沙は苦笑いを浮かべた。

「あはは……まあ、勉強は思っていたよりも進まなかったので、帰ったら勉強しないとダメですけれど……」

そして目を細める。

「でも楽しかったです」

愛理沙は手を後ろで組み、どこか弾むような足取りで歩く。

「ああやって、いろんな人と楽しく遊んだのは久しぶり、いえ、初めてかもしれません」

「今まで、機会がなかったのか？」

由弦も別にそこまで交友関係が広いわけではない。

だが宗一郎や聖のような友人はいる。

　愛理沙は「昼食を食べながら適当な相槌《あいづち》を打つ程度」の関係の知り合いしか今までいなかったようだが、そういう人たちから一緒に遊ぼうと誘われなかったのだろうか？　と由弦は首を傾げる。

　機会の一つや二つ、十六年生きていればありそうだ。

「いえ、機会は……今思うと、あったと思います。誘ってくれる人はいました。悪いのは、私ですね」

　そう言って愛理沙はため息をついた。

　少し前までは機嫌良さそうだったにもかかわらず。再び「私は悪い子」モードに入ってしまったようだ。

「過去は過去だ。それに……君がそうするのも、無理はないよ。……嫌だったんだろう？　自分の事情が知られるのは」

　ある程度、親しくなると家庭事情を知られてしまう機会が訪れる。

　距離を置かれるかもしれない。

　面白半分に変な噂を立てられるかもしれない。

　そうなるくらいなら、最初から人付き合いなどしない方が良い。

　それが愛理沙が人を突き放したような態度を取っていたことの理由。

　と由弦は思っていたのだが……

「……少し違います」

どうやら微妙に異なっていたようだ。

「私が嫌だったのは……その、私の事情に関わって欲しくなかったからです」

「……巻き込みたくない？」

「そんなに殊勝な理由ではないです」

愛理沙は力なく、首を左右に振った。

そして自嘲するように、僅かに笑みを浮かべた。

「下手なことをされて、私の立場が悪くなったら嫌だなって。それだけです」

「なるほど、ね」

「……自分勝手、ですよね？」

「身を守るためなら、当然のことだろう」

自分勝手と言えば、自分勝手なのかもしれない。

だが、自分で自分の身を守ろうとする行為が悪いことのはずがない。

「でも……」

「君は悪くない」

由弦は愛理沙の声を遮った。

少し驚いた表情を浮かべている愛理沙に対し、言い聞かせるように繰り返す。

「君は悪くない。前も言ったと思うけれど、それだけは俺が保証する」

「……それは由弦さんが、私のこと、知らないからじゃないですか」

無責任なことを言うな。

と、由弦を咎《とが》めるように言った。

自分でも由弦に当たり散らしていると、少し自覚しているらしい。

怒ったような表情でそう言ったにもかかわらず、すぐに落ち込んだ表情へと変わる。

しかしそれでも、当たらずにはいられないらしい。

「私は……由弦さんが思っているよりも、ずっと醜いですよ」

「そうかな？　全部は知らないにせよ、半年間の付き合いはある。それなりに君の性格は把握していると、思っているけれどね」

勿論、良いところも知っている。

そして悪いところも知っている。

彼女が聖女のように清く正しい人間ではないことは承知だ。

「嘘《うそ》です」

「嘘かどうかは、教えてくれないと分からないな」

「……」

由弦がそう言うと、愛理沙はしばらくの間、押し黙った。

それから小さな声で一言。

「私は我《わ》が儘《まま》です」

「それだけ？」

由弦が尋ねると、愛理沙は首を左右に振った。

「根暗で、陰湿で、ネガティブで……」

「知ってる」

「傲慢で、嫉妬深くて、ナルシストで……」

「それも知ってるな」

「ちょっとは否定してください！」

「天《あま》の邪鬼《じゃく》というのも、入れておいてくれ」

由弦が笑いながら言うと、愛理沙はむくれた様子で顔を背けた。

自分の悪いところを否定して欲しい。

でも、何も自分のことを知らないで無責任なことを言われるのも腹が立つ。

と、愛理沙の気持ちはそんなところだろうと由弦は推察する。

ちょっと、いや、かなり面倒な性格だ。

「人間、欠点の一つや二つ、あるものだ。その程度、性格が悪いうちには入らない」

「でも……」

「でもじゃない。……欠点があるだけで君が悪い子なら、俺は極悪人だ」

由弦はおどけた調子で肩を竦めた。

それでも愛理沙は「でもでも」と言う。

「由弦さんは……良いところも、いっぱいありますし」

「君もたくさんある」

「……ないです」

「真面目で努力家、料理上手、勉強もできる、スポーツもできる、優しい、気遣いや気配り上手、クール、カッコいい、可愛い、美人、あとスタイルが……」

「それはセクハラです！」

愛理沙はそう言いながら耳を塞いだ。

彼女の顔は真っ赤に、染まっている。

わずかに涙が浮かんだ翡翠色の瞳で、キッと由弦を睨みつけた。

「すまない、調子に乗りすぎた。許してくれ」

「……許さないです」

「何でもする」

「……じゃあ、一つ、良いですか」

愛理沙は足を止めた。

涙ぐみ、消え入りそうな声で、由弦を見上げる。

「胸を貸してください」

「良いよ」

※

「はぁ……今日も失敗しちゃった」

帰宅後。

浴室で愛理沙はそう呟《つぶや》いた。

鏡には自分の顔と……そして僅かに赤く腫れた瞳が映っている。

情けないことに今日も由弦の胸を借りて、号泣してしまった。

しかも自分の悪いところを全て、告白した上で。

「……」

とはいえ、「やってしまった」と後悔するほどではない。

自分の性格の悪さを全て吐き出せたのはすっきりしたし、何より由弦はそれを受け入れてくれた。

そもそも自分の欠点については知った上で、今まで接してくれていたことが分かった。

つまり……性格が理由で嫌われているということはなく、そして今後も嫌われることはないということだ。

前向きに捉えても良い。

「……ネガティブなのは、良くないですしね」

そんなことを一人、呟きながら愛理沙は浴槽に足を入れる。

じんわりと、体が温かくなってくる。

「……全部を受け入れて、悪いところは叱ってくれる人、かぁ」

そして思い出すのは、由弦の胸で泣くという醜態を晒《さら》した……少し前。

王様ゲームをした時の……由弦の言葉だ。

どんな異性が好きか、答えろ。……そんな命令だった。

「これ……私のことで、いいんだよね？」

両手を頬に当てながら、愛理沙はそんな言葉を呟く。

顔が赤いのは浴槽に浸《つ》かっているから……だけではないだろう。

「……私以外、いないよね？」

少なくとも愛理沙が知る人物で、愛理沙以外の該当者はいない。

……ひょっこりと、「わたくしは由弦さんの元婚約者ですわ！」みたいな人間が出現しない限り、愛理沙のことで間違いないだろう。

「あんな状況で、私しか当《あ》て嵌《は》まらなそうな人を、私の前で言ったんだから……うん、私のこと。間違いない」

由弦からの好意のメッセージだと、愛理沙は受け取った。

だからこそ、愛理沙も返したのだ。

告白はロマンティックな感じがいいですと。

「い、いや……でも、私から告白するべきなのか……」

愛理沙は顔を半分、湯の中に沈める。

待ってばかりなのは良くない。ここは自分から動くべきか。

などと考えていると……

ふと、疑問に思った。

「私と由弦さん……恋人になったら、婚約はどうなるんだろう？」

今の愛理沙との関係は、公式には婚約だ。

厳密には婚約（仮）の状態……らしい。

隠すほどではないが、高瀬川家と天城家の公式発表として大々的に公表するほど、本決まりでもない。

そんな状態だ。

そして本当は……由弦と愛理沙は結婚するつもりはない。

嘘の〝婚約〟であり、時が来たら婚約を破棄することになっている。

「お互いに好きなら……嘘も何もないし……」

つまり普通の婚約者になるということだ。

それは即《すなわ》ち……

「え、結婚……？」

将来的には結婚して、夫婦として生活するということだ。

一生添い遂げるということだ。

そして子供を作るということだ。

「い、いや……まあ、由弦さんが相手なら、別に全然、嫌じゃないけど……」

でも高校生の身分で結婚云々《うんぬん》は少し早い。

少し〝重たい〟話になるなぁ……と、愛理沙は思い、気付く。

「あ、そうか……」

由弦が自分に想《おも》いを伝えてくれない理由。

それがはっきりと、分かった。

「恋人になるのはともかくとして、結婚になると、話が重くなっちゃうか……」

愛理沙ですら、そう思うのだ。

由弦もそう考えるのは当然で……躊躇《ちゅうちょ》してしまうのは自然なことだろう。

「はぁ……どうしよう」

愛理沙は大きなため息を一人つくのだった。

※

その子と初めて出会ったのは……小学五年生の頃。
突然、家族が増えると父から伝えられた。
新しく増えた妹は……とても可愛らしい女の子だった。
透き通るように美しい髪に、宝石のように煌《きら》めく瞳。
自分よりも三歳ほど年下のその子に、一目で心を奪われた。
その子は自分の母親の妹の娘。
つまり自分にとって従妹《いとこ》に当たる女の子だった。
従妹がいるということは聞いていたが、会ったのはその時が初めてだった。
彼女は両親を事故で亡くしてしまったらしい。
そのためこの家に預けられることになった……そういう事情だった。
可哀想《かわいそう》だなと、同情した。
兄として優しくしてあげなければと、心に決めた。

家に来たばかりの彼女は……歳の割には少し我が儘なところがある子だった。

小学二年生という歳もあるが、思ったことをすぐに口に出すような、素直な子だ。

どうやら彼女の両親、つまり叔母夫婦は相当に甘やかして育てていたようだ。

しかし……決して悪い子ではない。

最低限のマナーはしっかりしていた。

また面倒見が良くて優しいところもあり、妹（つまり彼女にとっては従妹に当たるが）の世話をよく焼いてくれたし、一緒に遊んでくれた。

何よりあどけない、無邪気で元気な笑顔が素敵だった。

だが……母は彼女のことが、自分の姪が、気に入らなかったらしい。

事あるごとに彼女に対し、辛く当たった。

彼女の些細《ささい》な失敗を目ざとく見つけて、そのたびに叱り付け、怒鳴り散らした。

顔を見かけるたびに、無駄飯ぐらいや、躾《しつけ》のなっていない子だと、嫌味《いやみ》を口にした。

時折、彼女の死んだ両親の悪口も言った。

そして彼女が少しでも反抗の意志を見せると、頬を叩《たた》いたり、はたきやベルトでお尻を叩いたり、時には押し入れに閉じ込めたりした。

そういう〝躾〟は必ず父がいない時に行われた。

父は仕事人間だ。

仕事と、自分と一族の面子のことしか考えていないような男だ。

だからもし、彼女への〝躾〟を見たらもしかしたら止めようとしただろう。

悪評に繋《つな》がるからだ。

しかしそれは家族を大切にしているからではなかった。

少なくとも自分はそう思っている。

実際、父は家を留守にすることが多く、子育てに参加することは殆《ほとん》どなかった。

だから彼女への〝躾〟は黙認された。

いつの間にか、彼女は笑わなくなった。

その美しい瞳は濁り、暗く陰り始めた。

そして常に誰かの機嫌を窺うようになっていった。

彼女を助けてあげたいと思った。

だから何度も何度も母親に対して、彼女に辛く当たらないように頼んだ。

彼女が〝躾〟を受けている時、庇《かば》ったこともあった。

そのおかげか、自分が中学一年生に上がる頃になると、彼女が〝躾〟を受けている姿を見ることはなくなった。

彼女を守ることができた……そう安堵《あんど》した。

…………

…………

……

だがその考えは甘かった。

ある日、不可抗力にも彼女の肌を見てしまうという事件があった。

咄嗟《とっさ》に謝ったが……

その時、確かに自分は見た。

彼女の白い肌に不自然な痣《あざ》があるのを。

何のことはない。

自分が彼女に対する母親の〝躾〟を見ることがなくなったのは、中学に進学して部活をするようになったことで帰るのが遅くなったからだ。

彼女は自分の見ていないところで、度々、〝躾〟を受けていたのだ。

自分の声は母親に届いていなかった。

ただ無力なだけだった。

だから……最後の手段として、父親に縋《すが》った。

自分は父が苦手だった。

滅多《めった》に家に帰ってこない父とは日頃からあまり接点がなかったし、父の方も積極的に子育てに関わろうとするような人物ではなかった。

それに……

自分の力で、彼女を助けたかった。

だから父親にはあまり頼りたくなかったのだ。

彼女が〝躾〟を受けていることを父親に話すと……

父は驚いた。

どうやら父はそれなりに上手《うま》くやっていると、本気で思っていたらしい。

翌日、父は早く家に帰って来て、しばらく母と話をしていた。

ヒステリックに叫ぶ母と、それに対して冷淡に返す父の声が印象的だった。

さすがの母も父に言われれば、多少は応えたらしい。

しばらくの間、〝躾〟は鳴りを潜めた。

だが、それは長く続かなかった。

ある冬の日、部活が早めに終わり、帰ってくると……彼女は肌着で庭に座り込んでいた。

寒そうに震えていた。

大丈夫か、また母にやられたのか。

そんな声を掛けたような気がする。

それに対し、彼女は……

放っておいてください。

と、ゾッとするほど冷たい目でこちらを睨みながら言った。

逃げるように家に入るしかなかった。

後から妹に聞いたことだが、彼女が母に怒られたのは、やはりいつもの通りの些細な失敗だったようだ。

小学校高学年になってから、彼女は母の家事の手伝いをするようになっていたのだが、何かしらの失敗で母の怒りを買ったのだ。

しかしその時の怒り方は尋常ではなかったらしい。

いや、そもそもその失敗そのものはただの切っ掛けに過ぎず……母が怒っていたのは、別のことだったようだ。

妹は怒り狂う母が怖くて、自室に逃げてしまったので、母が何に怒っていたのか、正確には分からなかったようだ。

ただ……

嘘つき。

女狐《めぎつね》。

ビッチ。

売女《ばいた》。

そんな怒鳴り声が時折、聞こえてきた……そういう話だ。

そもそも、どうして母が彼女にそこまで辛く当たるのか分からない以上、何がどう〝売女〟なのか全く分からなかった。

その後も度々、彼女を助けようとしたが……

事態は好転しなかった。

それどころか悪化したように感じられた。

時が経《た》ち、彼女は中学生になり、自分は高校生になった。

どうしてか彼女は自分を避けるようになったし、自分は彼女を助けられない無力感から彼女と上手く話をすることができなくなった。

その頃になると、彼女は家事の殆どをするようになった。

辛くないのか、嫌じゃないのかと聞いたが……

彼女は、好きでやっているだけなので、と答えるだけだった。

また母による彼女への〝躾〟も鳴りを潜めてきた。

中学生にもなると、さすがにいろいろと体が成長してくる。

彼女は元々、運動神経が良い子だった。

母も無意識的に、彼女に反撃されるのが怖かったのだろう。

もっとも……嫌味や悪口は、変わらなかったが。

決して母が心を入れ替えたわけではないが、結果的に彼女に対する暴力はぐっと減った。

父と彼女の関係は相変わらず、特に変わらなかった。
そして彼女と妹は……それなりに仲が良さそうに見えた。
周りは以前と変わらない。
もしくは多少、改善されている。
にもかかわらず、自分だけ彼女との距離が離れてしまったような気がした。
家にいたくないと、そう思った。
だから遠くの大学を受験し、一人暮らしを始めた。
もう彼女には自分の助けは要らないと。
そう言い訳をして、逃げ出した。
………………
…………
……
知っていれば。
彼女が無理矢理《むりやり》、お見合いをさせられていると知っていれば、決して逃げなかった。
彼女がお見合いをさせられ、そして婚約を結ばされたと。
そう聞いたのは大学の夏季休暇が近づいてきた時だった。
相手は〝高瀬川〟という一族の宗家の長男だという。

高瀬川。

その名前は何度か、聞いたことがあった。

古くから日本に存在する、名家だ。

そして父にとって、重要な取引先だった。

政略結婚であることは、明白だった。

事実、父は縁談を結んだあとに莫大《ばくだい》な額の融資を、その高瀬川家とそれに関連する投資家から受けたらしい。

夏季休暇。

外せない講義やバイトなどを終えると、急いで実家に帰省した。

丁度、その時……

運良くと言えば良いのか、悪くと言えば良いのか、彼女と鉢合わせした。

彼女は一人の少年と一緒にいた。

声を掛けて二人に近づくと……少しだけカルキの香りがした。

手には水泳バッグのようなものを持っている。

そして彼女は僅かに日焼けしていた。

肌が白い彼女は日焼けをするとすぐに赤くなってしまうので、すぐに分かる。

人に肌を見せることを嫌がる彼女が、男子と共にプールに行くということは衝撃だった。

しかしあまり友達がいないらしい彼女が、相手が男とはいえ、遊ぶ相手がいるということは、〝兄〟として喜ぶべきことだろう。

……しかしどうしてか、むしゃくしゃした。

何かが気に入らなかった。

整った顔立ちに、育ちの良さそうな身なり。

そして深いブルーの瞳が印象的な、大人びた風貌の少年だった。

最初はただの友人だと思っていたので、彼が彼女の婚約者と知った時には驚いた。

というのも、彼があまりにも若かったからだ。

結婚というからには、年上の社会人とばかり思っていたので、少し意外だった。

話してみるとやはり大人びていて、落ち着いていて、冷静沈着なイメージを抱いた。

悪い印象はない。

外見やその態度は、とても良い人に見える。

もしかしたら……もしかしたら、説得すれば考えを改めて貰えるかもしれない。彼女の境遇を伝えれば、彼女を助け出すことに協力してくれるかもしれない。

……そう思った。

だから彼に尋ねた。

本当に結婚する気なのか？　と。

すると彼は、結婚する気もないのに婚約をする人がどこにいるのか、と……どこか呆れた様子で言った。

その言葉はどこか嫌味があり、自分を苛立《いらだ》たせた。

その上、彼は彼女の袖を引っ張り、そうだろう？　とまるで強要するかのように言った。

すると彼女は何かを、彼に囁《ささや》いた。

それから二人は、結婚するつもりだと。

お互いに上手くやっていく自信があると、そう答えた。

おかしい。

それはあまりにも、おかしい。

十五歳の高校生の男女が、堂々と、平然と、さも当然のように、親同士の都合で婚約し、

そして将来的に夫婦として共に歩む覚悟があるなどと言うのは……

常識的に考えて、おかしい。

現代日本でこんなことがあって良いはずがない。

だから思った。

彼女はきっと、父に強要されて、結婚を余儀なくさせられているのだと。

彼を想っている、演技をさせられているのだ。

そして彼は彼女の演技を信じ込んでいるに違いないと。

彼女のように可愛らしい女の子から、好きだと言われれば、舞い上がってしまうのは年頃の少年ならば自然なことだった。

事情を話せば分かってくれるに違いない。

そう思い、断腸の思いで彼女の事情を彼に話した。

しかし彼は中々、それを信じようとしなかった。

そして何故か、彼女に確認を取る。

彼女は立場上、好きだと言うしかないのだから、そう答えるのは当然と……そう説明しても、中々伝わらない。

何とかそれを理解してもらうと……

彼は心底不思議とでも言うように、何を求めているのか？　などと聞いていた。

ふと……彼が左手にしている時計に目が止まった。

それは有名なスイスのブランド物の時計だった。

最低価格でも百万円は超す……高級時計だ。

あぁ、これが高瀬川家かと。

彼にとって、彼女はこの時計と同じなのだろう。

この財力に物を言わせて、彼女に結婚を強要したのだと……そう確信した。

一見すると人の好さそうな少年に見えるが、結局は彼女を金で買った一族の人間なのだ。

彼女を売り払った、父の同類だ。

人身売買染みたことを平気でやるような、悪人だ。

だから、はっきりと言ってやった。

結婚を無理強いするなと。

彼女を愛しているならば、不幸にしたくないなら、婚約を破棄しろと。

彼のわずかに……あるかもしれない、良心に期待した。

すると彼は、落ち着いた口調で反論してきた。

自分が彼女を買わなかったら、彼女は別の男に売られるだけだ、と。

そう、開き直ったのだ。

金がないお前らが悪いとでもいうような言い方だった。

挙句、お前のような無能に何ができるとでも言うように、こちらを嘲笑《あざわら》ってきた。

反論しようとした。

しかし言葉が見つからなかった。

そうこうしているうちに彼はタクシーに乗って、逃げてしまった。

彼が去ってから、彼女に近づいた。

大丈夫か？

プールに行ったのか？

何か酷《ひど》いことをされなかったか？
脅されているのか？
弱みを握られているのか？
自分が味方になってあげる……

と、そう言葉を尽くした。
それに対し、彼女は言った。
いい加減にしてください。
何もできないくせに、私の人生を引っ掻き回さないでください。
大きなお世話です。
彼女は涙を流しながら、そう叫んだ。
そして家の中へと、駆け込んでしまう。
その通りだ。
自分は……まだ、何の力もない。
だけど、涙を流す彼女を放ってはおけなかった。
いつか、必ず助けてあげなければならないと。
そう思った。

それからしばらくして、彼女は彼に夏祭りに誘われたらしい。
本当は止めたかった。
だが彼女は制止も聞かず、出掛けてしまった。
中々、彼女は帰って来なかった。
連絡は電話で来た。
どうやら……電車が止まったため、彼女は彼の家に泊まることになったらしい。
あの彼女が。
男の家に泊まる。
どういうわけか、吐き気がした。
青い顔でいると……
妹が肩を竦めていった。
愛理沙さん、毎週土曜日、あの人のところに行っているんですよね。
もう完全に通い妻です。
と。
そんな話は知らなかった。
もしかしたら、もうすでに彼女はあの男の毒牙に掛かっているのではないかと。
酷い行為を強要されているのではないかと。

そう思うと胸が張り裂ける思いがした。
翌日には彼女は無事に帰ってきた。
何かされなかったか？
と聞いたが、あなたには関係ないと冷たく言い返されただけだった。
触れられたくないのだろう。
彼女の態度が……何かあったことを、物語っていた。
彼女のことが心配で仕方がなかった。
だから夏季休暇が終わるまで、九月一杯は実家にいることにした。
そして気付いたことがある。
母が彼女を叱る回数が、めっきり減ったのだ。
普段の母ならば……彼女が夜遅くに帰れば、大声で怒鳴り散らし、叱りつけただろう。
しかし嫌味を一つ二つ言うだけで、済ませている。
……どうやら、あの母ですらも、高瀬川を恐れているらしい。
それほどまでに高瀬川は強大な相手なのだ。
自分一人では勝てない。
そう思った。

第五章　〝婚約者〟への気持ち

その日の土曜日は丁度、ハロウィンの翌日だった。

愛理沙《ありさ》は紙袋を持って、由弦《ゆづる》の家にやってきた。

「本日もよろしくお願いします」

「……あぁ」

愛理沙を出迎えた由弦は思わず、息を呑《の》んだ。

秋も深まり、寒くなってきたためか……愛理沙はいつもよりも暖かそうな恰好《かっこう》をしてきた。

具体的には……とても暖かそうなニットのセーターだ。

クリーム色のセーターはぴったりと愛理沙の体に張り付き、彼女の美しいボディーラインを露《あらわ》にしている。

そのため彼女の豊かな胸が、嫌でも目に入る。……勿論《もちろん》、嫌ではないどころか眼福だが。

しかし上は暖かそうなのに、下は少し寒そうだ。

愛理沙にしては珍しく、ミニスカートを穿いてきていた。

黒く艶《なま》めかしいタイツに覆われた美しくて長い足が、短いスカートから覗《のぞ》いている。

同年代の女子の中ではかなり細い。

が、しかし細すぎることはなく、しっかりと肉がついていて、非常に柔らかそうだ。

少しドキドキしながら、由弦は愛理沙を家の中に上げた。

「その、由弦さん。……一応、巷《ちまた》ではハロウィンらしいので。お菓子、作ってきました」

そう言って愛理沙は紙袋から、可愛《かわい》らしくラッピングされたプラスチック製のカップを取り出した。

どうやらプリンのようだ。

「かぼちゃプリンを作りました。お口に合うと良いのですが」

「ありがとう、愛理沙」

由弦は愛理沙にお礼を言って、プリンを受け取った。

すると愛理沙は苦笑した。

「実は昨日、亜夜香《あやか》さんと千春《ちはる》さんと天香《てんか》さん、そして聖《ひじり》さんにお菓子を頂きまして」

「愛理沙にもあげたんだな、あの四人」

愛理沙と同様に由弦もその四人から、お菓子を貰《もら》った。

亜夜香と千春はお祭りごとを好むタイプなのでお菓子を用意してくるのは予想通りだっ

た。

しかし天香と聖、特に天香がハロウィンのお菓子を用意してきたのは想定外だ。

二人はお祭りが好きなタイプではない。

だが人付き合いの一環として、そういうことを重視するタイプなのだろう。

「由弦さんも貰ったんですね。……実は私、恥ずかしながら何も用意してなくて」

「いや、まあそれが普通だろう」

海外ではどうかは分からないが……

日本ではただの仮装大会として受け入れられている。

お菓子を贈り合う人は決して珍しくはないが、しかし用意しない人も珍しくはないはずだ。

由弦は亜夜香や千春は持ってくるだろうと思い、お返しをいくつか用意していたので対応できたが……積極的に配ろうという気持ちにはならない。

「でも、ちょっと申し訳ないなって」

罪悪感を覚えている……

というほどではないようだが、気にしているようだ。

「あまり気にすることはないだろう」

「……そうですか？」

少し不安そうな愛理沙に対し、由弦はやや大袈裟《おおげさ》に頷《うなず》いて見せた。

「君が申し訳ないと思い、その上で彼女たちにお菓子をプレゼントしたいと思うなら、来年やれば良いんじゃないかな？」

「そうですね。……無理にお返しすると、相手の方も申し訳なく思いますよね」

来年、用意するという方向で愛理沙の中では決まったようだ。

さて、愛理沙からプリンを貰った由弦は、そのお返しを冷蔵庫から持ってきた。

いつもの洋菓子店のケーキ箱だ。

違うのは……今回は箱に書かれた絵がハロウィン ver. になっているという点だろう。

「俺の方は……まあ、いつも用意しているわけだから、これでお返しというのも変だけど」

テーブルに箱を置き、開いて中身を愛理沙に見せる。

愛理沙は中を覗き込み、驚きで目を見開いた。

「これ、知ってますよ。学校でクラスの子が噂《うわさ》をしていました」

「噂？」

「数量限定の、並ばないと買えないのですよね⁉」

少し興奮した様子で愛理沙は言った。

由弦は頷く。

「まあ、そうだな。今朝、早起きして並んで買ってきた」

由弦が購入したのは、数量限定のハロウィンケーキだった。

この時期だけ、由弦が贔屓《ひいき》にしている洋菓子店が特別なかぼちゃケーキを販売するのだ。

もしかして愛理沙はハロウィンのお菓子を作って来てくれるのでは？

と考え、由弦は少し頑張って、このケーキを買ってきたのだ。

「な、なんか……申し訳ないです。私なんか、ただの素人が作ったプリンなのに……」

「申し訳なく思うよりも先に、褒めて欲しいな」

謝るくらいなら、労《ねぎら》ってくれ。

と由弦は冗談半分でそう口にした。

すると愛理沙は目を細めた。

「じゃあ……良い子良い子、します？」

「えぇ!?」

由弦は思わず、変な声を上げてしまった。

愛理沙は頰《ほお》を僅かに赤らめながらも、くすりと笑った。

「褒めて欲しいと言ったのは、由弦さんじゃないですか」

「いや、確かにそうだけど……」

「事前に許可を取るなら、撫《な》でても良いんですよね？」

確かにそういうようなことを言った。

由弦自身、何度も愛理沙の頭を撫でてきたので、愛理沙に「私に撫でさせてくれないのは不公平」と言われたら反論できない。

「俺の頭、撫でても面白くはないと思うけどな」

「私は面白いですから」

愛理沙はそう言うと正座をした。

そしてタイツに覆われた、柔らかそうな太腿《ふともも》をぽんぽんと叩《たた》いた。

「お礼です。男性はこういうのが好きと、聞きました。……由弦さんは嫌いですか？」

「え？　いや……」

「いや、嫌いでは……ないかな」

その美しい脚線美を見て、由弦は思わず生唾を飲み込む。

正直、凄《すご》く好きだ。

理性的には良くないと思いながらも、その魅力に負けて、由弦は彼女の膝の上に頭を置いた。

すると視界に柔らかそうな脂肪の塊が映る。

たわわに実った果実は重力に逆らい、上を向いていた。

理性的に耐えきれなくなりそうなので、由弦は横を向くことにした。

が、これはすぐに失敗であることに気付く。

というのも、後頭部よりも頬の方が愛理沙の太腿の柔らかさを感じやすいからだ。

筋肉の土台とその上を覆う柔らかい脂肪、そして背徳的なタイツの感触が頬から伝わってくる。

その上、愛理沙の肌と自分の鼻との距離が近いのも良くない。

石鹸《せっけん》の香りと僅かな汗の匂いが、由弦の理性をゴリゴリと削る。

「私のために朝早く、並んでくれてありがとうございます」

そう言って愛理沙は由弦の頭をよしよしと撫で始めた。

愛理沙の指が髪を撫で、そして耳やうなじに触れるたびにゾクゾクとした感覚が体を走った。

「あぁ……もう、無理だ」

「あぁ！」

理性が持ちそうになかったので、由弦は転がるようにして愛理沙から逃げ出した。

一方、愛理沙は寂しそうな声を上げる。

「まだ、私は撫で足りないのですが」

「俺は満足だから」

由弦がそう答えると、愛理沙は不満そうに口をへの字にした。

「撫でさせておいて、満足したら逃げるなんて……そういうところは猫さんに似なくても良いんですよ」

「そもそも、猫になったつもりはないんだけどな」

そもそも撫でさせるように要求してきたのは愛理沙だ。

由弦は少し納得がいかない気持ちになった。

さて、せっかく愛理沙が作って来てくれたので、由弦は早速かぼちゃプリンを食べてみることにした。

スプーンをカップに差し込む。

どうやら固めのタイプのようだ。

口に含むと濃厚な卵の味とかぼちゃの風味と甘みが口に広がる。

舌触りも良い。

底のカラメルソースと一緒に食べると、苦味と甘みが加わり、また違った味になる。

「どうですか？」

「うん、美味《おい》しいよ。前のケーキもそうだが、お菓子作りも得意なんだね」

由弦がそう言って褒めると、愛理沙は恥ずかしそうに首を横に振った。

「そんなことはないですよ。確かに余った小麦粉や卵、牛乳でたまに作ったりはしますので、他の人よりはできるかもしれませんが。……レシピ通りにやれば、誰でも簡単に作れると思います」

「それは君の料理スキルが高いからだと思うけどな……」

ここで一つ、疑問が浮かぶ。

愛理沙はどんな料理も作れるのか？　苦手なものはあるのか？

「君は苦手な料理とか、あるのか？　勿論、作るのが、という意味で」

「そうですね。……中華は苦手ですね。難しい気がします」

「……そう言えば君の中華料理はあまり食べた記憶がないな」

料理上手の愛理沙のいう「苦手」というのは、一般的には上手な方な気がする。

しかしあまり自信がないのは事実のようで、基本的に愛理沙が作るのは和食や、もしくはコロッケやエビフライ、オムライスなどの洋食が主だ。

中華料理は一度も作ったことがないのかもしれない。

「鰹《かつお》だしや昆布だしとは違って、中華の味は……旨味調味料を超えるのが難しい気がします」

「愛理沙はそういうのは否定的な立場だっけ？」

ちなみに由弦は母親の「旨味調味料」で育っているので、別に抵抗はない。

勿論、愛理沙の味付けの方が好きなのだが。

「まさか。私も場合によっては使いますし。ただ……何というか、負けた気がします。屈辱です」

「……なるほど」

全く理解できなかった。

そもそも何に負けた気がするというのか？

中華料理という文化か？

それとも旨味調味料にか？

勝ったところで愛理沙は何を得るというのか？

と、疑問に思ったが口には出さなかった。

「あと、火力が足りない気がします。炒飯《チャーハン》は納得のいく味を出せたことがありません」

「炒飯か……まあ、あれは奥が深いな」

炒飯くらいなら、由弦も何度か作ったことがある。

ペペロンチーノと炒飯は簡単だが奥が深い料理であり……妙に拘《こだわ》る人間が多いイメージがある。

「……中華料理と言えば、亜夜香は得意だぞ」

「そうなんですか？」

「ああ。何回かご馳走《ちそう》してもらったが、美味しかった。知り合いの中国人の料理人に教わったらしい」

亜夜香はああ見えて、料理上手だ。

中華は特に得意で、鉄鍋を育てるほど拘っている。

「……頼んだら教えてくれますかね？」

「喜んで教えてくれると思うよ」

きっとドヤ顔で教えてくれることだろう。

「じゃあ、頼んでみます。……美味しい中華料理をご馳走できるように頑張りますね」

「楽しみに待っているよ。君の料理は俺にとって、毎週の楽しみだから」

「そんなに、ですか？」

「ああ、毎日、食べたいくらいだ」

もし愛理沙の料理を毎日食べることができたら、それはとても幸せなことだ。

天城《あまぎ》家《け》の人間は自分たちが幸せ者であることを自覚した方が良いだろう。

「……毎日、ですか。じゃあ、作りますか？」

「え？」

愛理沙の提案に由弦は目を見開いた。

それは願ってもないような話で、毎日作ってくれるならそれに越したことはないが……

「毎日、ここに来るってことか？」

「さすがにそれは厳しいので……その、お弁当をお作りしようかなと」

「弁当⁉」

可愛らしい女の子に毎日、お弁当を作って貰える。

男としては非常に喜ばしい展開だ。

「……いや、でもそれは大変じゃないか？」

「私、毎朝自分でお弁当を作ってますから。手間は同じですよ。あ、でも材料費はくださ
い」

「材料費だけで良いのか？」

手間は同じと言っても、作業は増えるのだ。

由弦としては愛理沙の〝人件費〟を支払わないのは申し訳ないのだが……

「ご心配なく。由弦さんにはコートの代金を立て替えて貰ったりとか、いろいろとお世話
になっていますから。それに……作りたいんです、由弦さんに」

僅かに頰を紅潮させて、愛理沙はそう言った。

作りたい、とそう言われた以上、無理に〝人件費〟を支払おうとするのは愛理沙に失礼
な気がした。

「じゃあ、お言葉に甘えよう。……今度、何かの機会にお礼をするよ」

「別にお礼はいりませんが……」

「お礼をしたい、って言えば、させて貰えるかな？」

由弦がそう言うと、愛理沙は苦笑した。

そして小さく頷いた。

そんな話をしているうちに、由弦はプリンを食べ終わった。

ついでにケーキの方も食べてしまおうと、先ほど冷蔵庫にしまった箱を取り出し、皿に出した。

「これ、プリンのお返しだ」

「ありがとうございます」

じっと、愛理沙はケーキを見つめた。

そして由弦の方を見上げる。

「どうした？」

「いえ、そう言えば……ハロウィンの決め台詞《ぜりふ》と言いますか、お決まりの言葉を言ってなかったなと」

お決まりの言葉。

つまり「お菓子をくれなきゃ悪戯《いたずら》しちゃうぞ？」である。

「お決まりと言えば、仮装もしていないな。……する意味があるかは不明だが」

苦笑いを浮かべながら由弦がそう言うと……

愛理沙は紙袋から、何かを取り出した。

それは二種類のカチューシャだった。

一つは猫耳、もう一つは犬耳だ。

「……準備良いな」

「亜夜香さんに貰ったんです」

「納得した」

明日、ゆづるんとハロウィンパーティーやりなよ。

とでも言いながら愛理沙に対し、無理矢理《むりやり》コスプレグッズを押し付ける亜夜香の姿が脳裏に浮かんだ。

「由弦さん、犬派ですよね。犬耳をあげます」

「……どうも」

取《と》り敢《あ》えず、由弦は犬耳を着けて見せた。

そして愛理沙に尋ねる。

「どう？」

「……ふふ、似合ってますよ」

「今、笑っただろ？」

「笑ってないです」

「……まあ、良い。俺は着けたんだし、君も着けるべきだろう」

由弦は、中々猫耳を着けようとしない愛理沙に対して着けるように促した。

愛理沙はしばらく葛藤した末に、頭にカチューシャを着けた。

そして恥ずかしそうに目を伏せ、僅かに頬を赤らめながら由弦に尋ねる。

「……どうですか？」

「可愛いな……」

由弦とは異なり、愛理沙には猫耳がとても似合っていた。

愛理沙の性格を考えると猫耳よりも犬耳の方が似合うような気がしないでもないが、しかしそれを抜きにしても可愛らしい。

「そ、そうですか……その、由弦さん」

愛理沙は由弦に向き直った。

そして顔を真っ赤に染め、軽く咳払《せきばら》いをしてから、猫の物真似《ものまね》をするように手首を曲げた。

「お菓子をくれなきゃ……悪戯しちゃう、ニャン」

「……」

「あ、あの！　由弦さん！　無言は一番、困ります!!」

愛理沙は顔を茹《ゆ》で蛸《だこ》のようにしながら、由弦の肩を摑《つか》み、激しく揺さぶった。

一方、愛理沙の可愛らしさに悶絶《もんぜつ》した由弦は、興奮と照れと共感羞恥で熱くなり始めた自分の顔を片手で覆い隠す。

「……プリン、返すから悪戯しちゃダメかな？」

「ダメに決まってるじゃないですか！　というか、どう返すつもりですか!?」

バシバシと、愛理沙は由弦の体を拳で叩き続けた。

※

「由弦が……」

「弁当、だと……」

信じられないものを見た。

明日、世界が滅ぶかもしれない。

とでも言うような表情を浮かべたのは、宗一郎《そういちろう》と聖の二人だ。

「別に良いだろう、俺が弁当持ってきたって」

由弦はそう言いながら、今朝愛理沙から受け取った弁当箱を開けた。

保温タイプなので、まだ中は温かい。

弁当箱は二つ。

片方には梅干し入りの白ご飯。そしてもう片方にはお洒落《しゃれ》なおかずが詰まっていた。

さすがは愛理沙というべきか、冷凍食品の類いは入っていない。

……これも負けた気がするからだろうか？

「雪城《ゆきしろ》さんか？」

言い当てたのは宗一郎だ。

一人暮らしである由弦が母親から弁当を受け取れるはずがなく、かと言って由弦が弁当を作るはずがないので、当然の推理だろう。

「まあな」

軽く答えてから、箸を取り出し……まず唐揚げを口に運んでみた。

味は濃すぎず、薄すぎず。

作られてから時間が経《た》っているにもかかわらず、衣がサクサクしている。

噛《か》み締《し》めると思ったよりも柔らかく、肉の旨味が口に広がる。

（やっぱり愛理沙の料理は美味《うま》いな）

明日の朝、美味しかったと伝えようと由弦は決めた。

ちなみに弁当箱は三つあり、それをローテーションする形式となっている。

しかし本当に美味しい。

出来立ての愛理沙の料理は格別に美味しいが、冷めても美味しいおかずも作ることができるようだ。

そして美味しいだけでなく見た目も色鮮やかで、そして栄養バランスにも気を配っていることが分かる。

本当に頭が下がる思いだ。

「何だ……これで俺だけか、学食派は」

宗一郎は母親の作った弁当を持って来ている。

今までは由弦と聖の二人が学食で宗一郎だけが弁当だったが、それも今日までだ。

「しかし、高校生で愛妻弁当か」

「もう、結婚したらどうだ？」

宗一郎と聖が揶揄《からか》い半分、本気半分という調子で言った。

ちなみにすでに聖に対しては〝婚約〟のことは愛理沙の許可を得た状態で話してしまっている。

勉強会とハロウィンの件で、愛理沙の方は天香と仲が良くなったらしい。

友人に隠し通すのも悪いということで、聖と天香には話してしまうことになったのだ。

由弦としても隠し通すのは少し気が張るので、気分的には楽だ。

「一応、材料費は支払っているけどな」

「普通は材料費だけで作ってはくれないと思うが」

「俺が頼んだら、雪城は俺にも作ってくれんの？」

「まあ、無理だな」

愛理沙は弁当屋ではないのだ。

手間は同じ、とはいうもののそれなりに時間は掛かるだろうし、材料費だけで弁当を作ってくれるのは由弦に対して相応に好意を抱いているからに他ならない。

それが友情なのか、恋情なのかは……分からないが。

「真剣な話、付き合わないのか？　……まあ、婚約しているからすでに付き合っていると言えるが」

「話を聞く限り、お前ら、仲睦《なかむつ》まじい恋人同士にしか見えんぞ。このまま、ゴールインする予定はあんの？」

「あー、そういうことを聞いちゃうか」

由弦も自覚がないわけではない。

当初は「婚約者として振る舞うため」にデートをしたりしていたが、最近は普通に楽しくなってきている。

愛理沙もそれは同じだろう。

「……まあ、愛理沙のことは好きだよ」

「だよな」

「前から思っていたが、ああいう洋物っぽいの、お前の好みのタイプにド直球だよな」

「いや、顔だけじゃないけどな」

聖が言う通り、愛理沙の容姿はその素晴らしいスタイルも含めて、由弦の好みに直球だ。

加えて性格も良い。

優しいし、気遣いができるし、由弦を立ててくれる。

愛理沙は自分のことを性格が悪いというが……あれはあれで可愛い。

加えて料理上手だ。

そして何より、ハロウィンの一件から分かる通り、意外にノリが良いところもあるし、冗談も言えたりと……

一緒にいて楽しい。

「ただな……恋心があるかと言われると、それは分からないと言うか」

「友人として好きということか？」

「異性として、好きじゃねぇの？」

「いや、異性としても好きだけど。……好きだからと言って、強い恋情があるかどうかは別だろう？」

男なら誰だって気になる女の子の一人や二人、いるものだ。

妻や恋人がいる男性も、不倫や浮気はしないにせよ、美人で優しい女性には「良いなぁ」と思ったりはするだろう。

「要するに。俺は今の関係が心地よいと思っているから、このまま無理に進めたいとはそれほど思わない。何より……」

この世の全ての恋人たちや夫婦が、焦がれるような強い思いを抱いて、その関係を成立させたわけではない。

むしろ、「なんとなく」で付き合い始めたことの方が多いだろう。

だから由弦が愛理沙と恋人になることは何一つおかしなことではないが……

「俺は……俺が愛理沙に対して恋をするのは、あまり良くないと思っている」

由弦と愛理沙は対等に見えて、実際は対等な関係とは言えない。

由弦はその気になれば愛理沙との結婚を断れるが、愛理沙は断れないからだ。

由弦と愛理沙の〝婚約〟は、由弦側に結婚する気がないからこそ、成立している。

つまり……言い方は悪いが、由弦は愛理沙の生殺与奪の権を握っているに等しい。

だから由弦が愛理沙に恋をしたら、つまり由弦が結婚しようとしたら、愛理沙はそれを断れない。

と、由弦は宗一郎と聖に自分の考えを説明した。

「まあ、そういうわけだ。……だから今のところ、俺はこの関係を維持する。彼女に俺の気持ちを押し付けてまで、恋人になりたいとは思わない」

そう言ってから、由弦は自分の父親の顔を思い浮かべる。

（父さんは手段は選ばない人だからな。多分、愛理沙の気弱な性格はとっくに見抜いているだろうし……注意しないと）

高瀬川和弥《たかせがわかずや》は一見、温和そうに見えるが実際はかなり冷静で、冷徹で、そして冷血な男だ。

勿論それは仕事での一面であり、私事では家族には優しい、普通に良い父親なので、由弦も父親として敬愛しているのだが……

息子《ゆづる》を政略結婚の道具に使う程度の割り切りなら、あっさりとできてしまうのも事実。

息子《ゆづる》を使うことに躊躇《ちゅうちょ》がないのだから、赤の他人《ありさ》に対しては言うまでもないだろう。

愛理沙を〝天城〟から守るのも勿論だが、〝高瀬川〟からも守らなければならない。

というよりも〝高瀬川〟の方が大敵だろう。

冷静で冷徹で冷血。

目的のためには手段を択《えら》ばない。

謀略や根回しを得意とする狡猾《こうかつ》な一族。

それが世間からの〝高瀬川〟の評価であり、そしてそれは決して間違ってはいない。

〝高瀬川〟という一族の脅威は、〝高瀬川〟の人間である由弦が一番知っている。

父親や祖父からしたら、とんだ反抗期の息子だなと由弦は内心で苦笑した。

「「……」」

一方で、由弦の言葉を聞いた宗一郎と聖は顔を見合わせた。

そして由弦に尋ねる。

「じゃあ、本気で恋をしたら、無理矢理にでも欲しいと思ったら、どうする？」

「雪城の方からお前を求めて来たら、どうすんの？」

それに対し、由弦は肩を竦《すく》めた。

「まあ、その時はその時、だな」

※

ハロウィンから一週間と少し。

その日、第三回全国模試が行われた。

模試終了後、由弦と愛理沙はマンションで自己採点をしていた。

「こうも模試続きだと、さすがに疲れますね……」

自己採点を終えた愛理沙は大きく伸びをした。

二週間もしない前に高難易度模試という別の模試があったばかりなので、一か月の間に二連続で模試があったことになる。

途中でハロウィンという息抜きがあったが……

さすがの愛理沙も疲れたようだ。

「でもまあ……一先《ひとま》ず、これで終わりだからね、模試は」

「そうですね。……息抜きも兼ねて、次の土曜日、その……お外にしませんか？」

つまりデートのお誘いだ。

ここ最近は〝お家デート〟という名の勉強会が続いていたので、外に遊びに行くのは大賛成だ。

ただ……

「そのことだが、実は相談があってね」

「相談、ですか？」

「ああ。……彩弓《あゆみ》、俺の妹も一緒に来て良いかな？」

由弦の提案に愛理沙は目を丸くした。


事の経緯は昨晩まで遡る。

「はい、もしもし」

『兄さん、私、私だよ！』

「私私詐欺の方ですか？」

『た　か　せ　が　わ　あ　ゆ　み、高瀬川彩弓です!!』

「なんだ、彩弓か」

『何だ、じゃないでしょ。携帯で掛けてるんだから、分かるでしょ！』

ぷんすか、と電話の向こうで怒る彩弓。

勿論、由弦も冗談で言っているし、彩弓も冗談で怒ったふりをしている。

兄妹なのだから、これくらいのじゃれ合いは日常茶飯事だ。

「それで、何の用だ？　……明日、土曜日は模試があるんだが」

土曜日だが、登校して模試を受けなければいけない。

校外模試を校内で受けるというのは少々変な話ではあるが。

『勉強中だった？』

「ああ、勉強中だ。手短に頼むよ」

『私、次の土日、都心の方に服を買いに行きたいんだよねー』

「護衛兼荷物持ちとして付いてきて欲しい、そういうことか？」

『うん、半分はね』

兄妹仲はそこそこ良い部類で、彩弓の護衛として、荷物持ちとして、彼女の買い物に付き合ったことは何度もある。

由弦が一人暮らしを始めた後も、同様だ。

しかし……半分、とはどういうことだろうか？

由弦は首を傾《かし》げる。

「もう半分は？」

『兄さん、女の子の服とか全然、分からないじゃん？』

「可愛いか可愛くないかくらいは判別できるぞ」

『でも流行もブランドも分からないじゃん』

確かに由弦は女性物のブランドは分からない。

興味がないからだ。

時計やスーツのブランドなら興味があるので多少は分かるのだが。

『それで愛理沙さんにも来て欲しいなぁって』

「愛理沙に？」

『ほら、そろそろ本格的に冬の服が欲しい頃じゃない？ 愛理沙さんも女の子だし、私と同じ気持ちだと思うんだよねぇ。友好も深めるついでに一緒に買い物に行きたいの』

「なるほどね」

とはいえ、愛理沙からは最近、コート代金を受け取ったばかり。

彼女に金銭的な余裕があるか、心配だ。

「まあ、一応聞いてみる」

『よろしくねー。兄さん、愛してる』

「はいはい、俺も愛しているよ」

「と、まあそんなことがあった」

「なるほど」

由弦からの説明を聞いた愛理沙は納得した様子で頷いた。

そして小さく頷く。

「良いですよ」

「……お金は大丈夫か？」

由弦は愛理沙がどれくらいのお小遣いを貰っているか知らない。

だが、おそらくはそうたくさん貰ってはいないだろう。

高瀬川家は「衣服・化粧品・筆記用具・教科書はお小遣い外」という考え方なので、彩弓は両親から相当の衣服代をせしめてくるはずだ。

彩弓の買い物に付き合えば、愛理沙の財布は干上がってしまうだろう。

「私の家では、お小遣いは月ごとではなく、目的・用途別です」

「目的別？」

「例えば……定期的に買い替える必要がある服だと、四半期にまとまった金額を衣服の代金として貰える感じです。デートの時は、その都度ごとに……という感じです。ですから由弦さんと妹さんと一緒に服を買いに行くと養父に言えば……多分、服代とは別に貰える、かどうかは分かりませんが取り敢えず冬の衣服代金は最近、頂いたばかりなので、懐は温かいですよ」

前々から、愛理沙の金銭事情について、由弦はいろいろと疑問を抱いていた。

例えば彼女は「ちょっと高い感じの石鹼を買ったことがない」と言っていたが、その割にはお洒落な服を身に着けていたりする。

そしてデートをするとき、映画館や食事などで躊躇する様子を見たことがない。

お小遣いがあるのかないのか……どっちなんだろう？

と思っていたが、今の愛理沙の言葉で疑問が解けた。

おそらく、愛理沙の養父は愛理沙に対し、不自由ないように育てているつもりではいるのだろう。

由弦とのデート代はちゃんと渡すし、衣服代も支給する。

しかし……男である彼女の養父には「石鹼に拘る」という発想が存在しない。

石鹼以外にも、そういうことが多々あるのだろう。

愛理沙としては周囲がそういう物を持っているのに自分だけ持っていないという状況には、強い劣等感を抱くし、コンプレックスの種ではあるものの、生活必需品でない以上、養父にそれを買うお金を強請《ねだ》れない。

「そうか。……なら、むしろ君としては得なわけか」

目的によってお小遣いが支給されるなら、愛理沙の懐は痛まない。

むしろ目的ができることは、愛理沙にとってはお金が支給される理由ができるということなので、〝得〟だ。

「そうですね。……養父には迷惑を掛けることになりますが」

少し申し訳なさそうな表情で愛理沙は言った。

そもそも婚約・結婚を強制してきたのはその養父であり、それに必要な経費なのだから、愛理沙が遠慮する必要はないような気がするが……

それでも彼女は気になってしまうのだろう。

「気にするな。……君と俺の婚約で、君の養父は少なくない利益を得ているんだから」

「……でもまだ結婚していないですよね？　この状況でも利益があるんですか？」

〝まだ〟という言葉に少し由弦は引っ掛かったが、敢えて聞かなかった。

その上で愛理沙の問いに答える。

「君の養父が経営している会社に、既にうちの両親が相当額を投資したようだから。まあ……投資の話は俺と君との婚約以前からあったようだけど、婚約の後に投資額が増えたから、多少は影響しているだろう」

実際のところ、養父の目当ては金よりも高瀬川の傘下に入ったという事実と周囲からの評価だろう。

由弦と愛理沙の婚約は正式発表ではないが、しかし情報はどこかで必ず洩《も》れるし、そもそも由弦の父は婚約の情報が洩れることを前提に行動している……否《いや》、積極的に洩らしたり、匂わせたりしていることだろう。

そうすることで天城が高瀬川の傘下に入ったことを、周知させている。

そして天城の方も高瀬川の傘下に入ったことを周知させることで、融資を募っているはずだ。

天城単体なら二の足を踏んでしまうが、背後に高瀬川がいると知れば、金を吐き出す人間も少なくはない。

由弦も気になってお金の動きを少し調べてみたが……高瀬川の関係者だけでなく、橘《たちばな》や上西《うえにし》、佐竹《さたけ》辺りはかなり初期の段階から――具体的にはプールでその子息である三人と鉢合わせする前の時点で――少額ではあるが、お金を動かしていた。

……まあ、この辺りの関係者は家系図を辿《たど》ればどこかしら繋《つな》がっていたりする。

そういうネットワークがすでに構築されているのだ。

由弦の両親が高瀬川の分家や血縁関係者に婚約の話を匂わせれば、あっという間に情報が拡散するのは当然のことである。

「つまり、俺と君が将来的に結婚せずとも、正式な婚約ではなく仮のものであっても……

事実だけで君の養父はそれなりの利益を得ている。……まあ、だから良いんじゃないかな。少し我《わ》儘《まま》を言うくらいは……と言っても、天城の詳しい財政状況は知らないし、無責任なことは言えないけれど」

会社の経営が傾いていることと、家の家計が傾いていることはイコールではない。

会社の資金繰りが良くなったからと言って、天城家の資金繰りがすぐに良くなるかと言えば決してそうはならないだろう。

「……そうですね。考えてみれば、必要経費ですね。無駄遣いはダメですけど」

そう言って愛理沙は僅かに微笑《ほほえ》んだ。

婚約者の妹と仲良くするための交際費は必要経費であり、それを請求するのは当然の権利。

とそう考えることで罪悪感は僅かに薄れたようだった。

「……そうだね。その通りだと思うよ」

でもそれって、俺と君が結婚することが前提になるのでは？

と由弦は内心で思いながらも、適当な相槌《あいづち》を打つのだった。

※

「お待たせしました、由弦さん」

「いや、俺も今、来たところだ」

待ち合わせ場所は都心のとある駅だった。

由弦はやってきた愛理沙の服装を見て……少しだけ、安心する。

今回は前回のように、体のラインが出るような衣服ではなかった。

黒い長袖のようなシャツに薄い白いカーディガンを羽織り、ワイドパンツを穿いている。

そしてその上から例の秋物コートを着込んでいた。

刺激が少なくて、由弦は少し安堵《あんど》した。

「彩弓さんは？」

「遅刻だな。そろそろだと思うけど……」

その時。

バシッと、後ろから何かに体当たりするように抱き着かれた。

「兄さん！」

「遅刻だぞ、彩弓」

「あは、ごめんなさい。いやー、渋滞に引っ掛かっちゃって」

どうやらタクシーで来たようだ。

電車で来ることは、痴漢などのリスクを考えて避けたのだろう。

「愛理沙さん、お久しぶりです」

「お久しぶりです、彩弓さん」

彩弓は愛理沙に駆け寄ると、彼女の手を握った。

「すみません。お付き合いしてもらうことになってしまって」

「いえ、大丈夫ですよ。お役に立てれば、良いのですが」

「愛理沙さんの服はお洒落だなって、ずっと思ってたので。頼りにします！　……代わりに兄さんの好み、教えてあげます」

「あははは……是非、お願いします」

彩弓の言葉に愛理沙は苦笑しながら答えた。

一方由弦は彩弓の〝兄さんの好み〟という言葉で、警戒心を上げる。

彼女が変なことを言わないように、気を付けなければならない。

「どうせ、長くなるだろう？　早く行こう」

由弦の言葉に愛理沙と彩弓は揃《そろ》って頷いた。

由弦たちが入ったのは、駅の近くにある、高級店を含む様々な店舗が揃うショッピングモールだった。

「ねぇねぇ、愛理沙さん。どっちの方が似合うと思う？」

彩弓は二種類の冬物コートを手に持ちながら、言った。

片方はベージュ、もう片方はグレーだ。

由弦ならば「どちらも似合う」と言ってしまうところである。

……実際、美少女な彩弓ならばどちらも似合うだろう。

「どちらも似合うと思いますが……そうですね。前者は可愛らしいイメージ、後者は綺麗《きれい》なイメージがします」

「んー、前者だと子供っぽいかな？」

「そうですね。まあ、それはそれで可愛らしいと思いますが」

「……グレーの方が、大人な感じですか？」

「そうですね。一、二歳くらい大人びて見えますよ」

彩弓は十数秒ほど考え込んでから……

どうやらグレーに決めたようで、由弦が手に持っているカゴにコートを入れた。

（……気にしてたのか）

由弦の中では彩弓はいつまでも可愛い妹なので、子供のイメージが定着している。

なので、子供っぽいということを気にしているというのは、少し驚きだった。

まだ中学二年生なんだから、子供っぽくて良いじゃないか。

と思うのだが、背伸びして大人になりたいのだろう。

「取り敢えず、終わったか？」

女の買い物は長い。

しかも二人。ぺちゃくちゃと喋《しゃべ》りながらだから、余計に長い。

由弦の方はすでに疲れてきた。

「服はね。でも、この後、靴を見たいなぁーって。愛理沙さんも見たいでしょ？」

「そうですね。……まだお金にも余裕がありますし、ブーツを買いたいです」

「そうか」

何を言っても長引くだけなので、由弦は二人に付き合うことを決めた。

一先ず、衣服の会計を済ませてしまう。

（……今度は宗一郎や聖たちも、呼ぼうかな）

男が三人いればもう少しは退屈が紛れるのではないだろうかと考える。

が、冷静に考えてみるとあの二人を呼ぶということは、セットで亜夜香・千春・天香の三人が来るということだ。

女五人の買い物だ。

おそらく日が暮れるだろう。

想像しただけでゾッとしたので、由弦は考えるのを止めた。

「じゃあ、兄さん。靴のところに行こうよ」

靴を取り扱う店へと、由弦を誘う彩弓。

それに対し、由弦は愛理沙と彩弓に紙袋を差し出した。

「悪い。……一度、雉《きじ》を撃ちに行っていいか？」

つまりトイレだ。

すると彩弓は頬を膨らませた。

「えー！　早くしてね」

「君たちの買い物よりは早いよ」

由弦はそう言うと、小走りでトイレの探索を始めた。

トイレが中々見つからなかったために、十五分ほど時間が経ってしまった。

彩弓は機嫌を悪くしているだろう……

と由弦は内心でため息をつきながら、待ち合わせ場所へ急ぐ。

（というか、あいつらの買い物に付き合ってやっているのに、何で少し待たせたくらいで責められなければならんのやら）

何となく理不尽さを覚えながらも、しかしお姫様二人を待たせるわけにもいかないので、小走りで移動する。

すると……

愛理沙と彩弓の二人が、見覚えのある少年と何か話をしていた。

と言っても、話しているのは主に彩弓と少年のようだ。

愛理沙は彩弓の少し後ろで、成り行きを見守っているように見える。

(目を離した隙に……面倒だな)

由弦は内心でため息をつきながら、小走りで二人に近づいた。

※

九月下旬。

「……今週もか」

小林《こばやし》祥太《しょうた》は自宅近くの喫茶店である人を待っている最中、今朝のことを思い出していた。

今日は土曜日で……今週もまた、雪城愛理沙はどこかへと出かけて行った。

祥太の家は愛理沙の家からほど近く、ベランダから双眼鏡を使えば少しだけ様子が分かるのだ。

もっとも何の用事か、見当はついている。というのも夜遅くになると、男性が彼女を家まで送り届ける姿が確認できるからだ。

その男性の名前は、高瀬川由弦。

祥太と同年代の少年だ。

勿論、彼は自分自身を愛理沙の恋人だとは明言しなかったが……

毎週、楽しそうに祥太の家の前を通る様子から、二人が恋人関係にあるのは明白だった。

「はぁ……幸せなんだろうな」

毎週土曜日の夜。

玄関で扉越しに外の声を窺うと、愛理沙と由弦の会話が少しだけ聞こえるのだ。

常に無表情で感情を表さないはずの愛理沙の、楽しそうな笑い声が聞こえてくる。

それは……喜ばしいことだ。

喜ばしいことのはずだ。

しかし……喜べなかった。

ドロドロしたものが、胸の中で渦巻いていた。

オレが先に好きだったのに。

オレが彼女を幸せにするはずだったのに。

羨ましかった。妬ましかった。醜い嫉妬であることは自覚できていた。

それでも……それでも、その気持ちは抑えられなかった。

「オレが……もう少し……」

頭が良かったら。イケメンだったら。金持ちに生まれていたら。

どうしてもそう思ってしまう。思わずにはいられない。

「……すまない、待たせたね」

声を掛けられ、顔を上げると……そこには祥太の待ち人がいた。

天城大翔《はると》。愛理沙の従兄《いとこ》だ。

二人は顔見知りで、時折連絡を取り合う関係にある。

祥太が愛理沙の複雑な家庭事情を知ることができたのは、大翔が教えてくれたからだ。

また……大翔は祥太が愛理沙のことを好きということを、知っていた。

「いえ、オレも今来たばかりですから」

そう答えつつ、席に座る大翔を見ながら……ふと祥太は思った。

……彼は愛理沙に恋人ができたことを知っているのだろうか？　と。

「そう言えば……雪城さん、恋人ができたんですね」

まるで気にしていないかのように。

何気なく。

良い天気ですね、とそう言うかのように祥太は大翔に言った。

すると大翔は……表情を曇らせた。

「それは……」

「い、いや、オレは何も、気にしてないです。……元々、手の届きようのない花だったというか。良い人そう、ですよね。えっと、高瀬川さん、と言うんですよね？　雪城さんと同じ高校ということは、頭も良いんですよね。それに顔も……まあまあイケメンで。雪城さんに相応《ふさわ》しい人だなって……オレなんか、足元にも及ばないというか……」

言い繕えば言い繕うほど、無様な気持ちになった。

最後には何も言えなくなる。

頭を掻《か》きむしり、そしてため息をついた。

そんな祥太に対し……大翔は少し迷いの表情を浮かべたが、しかし何かを決心したような表情を見せた。

「そのことなんだけど、祥太君。実は……あれは愛理沙の恋人なんかじゃないんだ」

「……え？」

「これは君だから、言う。……父親からは他人へ無暗《むやみ》に口外するなと口止めされているから、君も気を付けてくれ。彼は……高瀬川由弦は、愛理沙の婚約者だ」

「こ、婚約者⁉」

祥太は思わず大声を上げてしまった。

そして慌てて、口を両手で塞ぐ。

「そうだ。……それも政略結婚だ」

「政略結婚……」

まるでＳＦやファンタジーの設定を聞かされているような気分だった。

そんなことが現代日本で成り立つということが、驚きだった。

「愛理沙は無理矢理、婚約させられたんだ。……高瀬川家というのは、財界や政界では有名な名門でね。多分、彼は愛理沙のことが好きだったんだろう。だから金と権力に物を言わせて、愛理沙と婚約を結んだんだ」

「そ、そんな……」

確かに金持ちそうではあった。

しかし愛理沙は一見すると幸せそうに見えた。

嫌な奴《やつ》だと思ったのも事実だ。

あの愛理沙が好きになる人なのだ。

きっといい人に違いないと、そう思っていた。

嫌な奴に見えたのは、自分の嫉妬がそういう幻覚を見せたに違いないと。

「でも、雪城さんは楽しそうに……」

「父親から、高瀬川と仲良くするように脅されているんだろう。……高瀬川家はこの国で敵に回してはいけない一族の一つだからね」

大翔はそう言うと、祥太に念を押すように言った。

「良いかい？　このことは秘密だ。……二人で必ず、愛理沙を助けよう」

「……は、はい」

混乱していた祥太は、ただ頷くしかなかった。

家に帰ってから、高瀬川家について調べた。

そうしたら様々な情報が出てきた。

どうやら日本ではかなりの財力を持っている一族らしい。

またそれなりに歴史の古い名門と呼ばれる家系らしく、昔から政略結婚を繰り返しているようだ。

中には暴力団やアメリカ政府と通じているだの、日本を陰で支配している組織の一員だなどという情報もあった。

もっとも一部はまともな引用元も記されていない考察サイトの情報なので、全てが真実かどうかは疑わしい。

胡散臭《うさんくさ》すぎて笑ってしまうような情報もあった。

特に陰謀論染みている部分は……普通ならば信じたりはしないだろう。

だが……大翔の言葉を信じると、あながち間違ってもいない気がした。

それに冷静に考えてみれば、あの孤高で気高いイメージがあるあの愛理沙が、犬のように振る舞う様はあまりにもおかしい。

つまり、愛理沙は脅されているのだ。

しかし……それが分かったところで、一体何ができるというのか。

こんな恐ろしい一族に、ただの庶民である祥太が勝てるはずもない。

何もできず、日々は過ぎていく。

無力な自分が、愛理沙が男の毒牙に掛かるのを見守るしかできない自分が悔しかった。


そして……十一月の、ある日の土曜日。

本当に、ただの偶然だった。

気晴らしに都心へ行ったその帰りに、服でも買おうかとショッピングモールに入った。

そこで、彼女と出会った。

雪城愛理沙だ。

見たことのない中学生程度の女の子と一緒にいた。

あの男は、高瀬川由弦は……いなかった。

気が付くと、声を掛けていた。

「あ、あの……雪城さん、だよね。奇遇だね」

「……小林さん、ですか。本当に奇遇ですね」

少しだけ愛理沙は驚いた様子だった。

何故《なぜ》か後ろめたい気持ちを抱いた祥太は、言い訳するように言った。

「ちょっと、この近くまで用があって。ついでに服を見ようかなと、適当な店に入ったら、見かけたから。えっと、買い物中？」

見れば分かるだろう。

祥太は思わず自分で自分に突っ込んでしまった。

だが愛理沙は特に気にした様子はなく、淡々と答える。

「はい、そうです」

彼女はいつもの平静な、クールな表情だった。

しかし……不思議と以前よりも可愛らしくなった気がした。

手に入れたい。

欲しい。

あんな金持ちでイケメンなだけの男に渡したくない。

強くそう思った。

「あのさ、雪城さん」

「何ですか」

「婚約したって、聞いたんだけど……」

　すると、愛理沙の身に纏《まと》っていた雰囲気が変わった。

　一瞬だけ、氷点下にまで冷え込んだ……そんな気がした。

　目が僅かに吊《つ》り上《あ》がり、瞳が湖面のように冷たくなる。

「誰から、聞きました？」

「え？　……大翔さんから」

「……ッチ」

　舌打ちだった。

　あの愛理沙がはっきりと分かるほど、不機嫌そうに舌打ちをしたのだ。

「そのことは他言無用でお願いできますか。由弦さんに迷惑が掛かるので」

「……やっぱり、脅されているんだね」

「……はい？」

　どういう事情か分からないが、あまり婚約のことを外に言わないように命じられているのだろうと祥太は考えた。

　脅されているからこそ、愛理沙は助けを求めることができないのだ。

「無理矢理、婚約させられたんでしょ？　大翔さんが言ってたよ。あの、高瀬川……由弦とかいう奴が、脅しているんだろ？　金と権力で、無理矢理！　その、オレなんかで良ければ、力にな……」

「随分と好き勝手言ってくれますね」

冷淡な声が聞こえてきた。

それは愛理沙と一緒に買い物をしていた、中学生くらいの女の子の声だった。

……愛理沙と話すのに必死で、すっかり忘れていたのだ。

「君は……」

「高瀬川彩弓、由弦の妹です。端的に言いますが、不愉快です」

ブルーの瞳の女の子、彩弓は落ち着いた声でそう言いながら一歩前に進んだ。

自分よりも小さな女の子にもかかわらず……不思議と気迫があった。

思わず後退《あとずさ》りする。

「兄さんが愛理沙さんを脅している？　何の根拠があって、それを言っているんですか？」

「い、いや……だって、政略結婚なんて、おかしいだろ！　間違ってる！」

結婚というのは、お互いが好きになって、愛し合ってするものだ。

お金や利益、家同士の繋がりを理由に結婚や婚約をするのは、おかしい。

一般的に考えても、間違っているはずだ。

自分は正しい。

祥太は自分にそう言い聞かせる。

一方で彩弓は……

「私の両親は、その政略結婚で夫婦になりましたけど。あなたは私と兄さんの生誕を間違っていると、そう言いますか？」

「い、いや、そこまでは……」

「結婚の理由、夫婦や恋人の形は様々です」

思わず祥太は言い淀《よど》んだ。

冷静になれば反論の一つや二つ思い浮かぶかもしれないが、しかし頭が真っ白になってしまい、何も考えられなかった。

だから、咄嗟《とっさ》に言った。

「雪城さんは虐待されているんだ」

そう言った瞬間、愛理沙の瞳が動揺で揺れた。

愛理沙を傷つけてしまうかもしれない……そう頭に過ったが、開いた口は止まらなかった。

「無理矢理、婚約させられたんだ。大金と引き換えに！　こんなの、おかしいだろ!!　お金が目的で結婚するなんて!!」

「……」

彩弓は少しだけ驚いた様子で、目を見開いた。

が、しかしその表情はすぐに穏やかになった。

「何がどう、おかしいんですか？」

「い、いや……だ、だって、そんなの……」

「親しい親族や友人、恋人、そして結婚相手の家に、金銭的な支援を行う。別にありふれた話だと思いますが。身近な例だと……奨学金とか、連帯保証人が必要ですよね。それと同じです」

「でも……」

何となく、それは詭弁《きべん》な気がした。

どこがどう詭弁なのか、思いつかなかったが……しかし言い返さなければならない。

祥太は必死に言葉を探す。

だがそれよりも先に彩弓が口を開く。

「何にせよ……高瀬川が誰に金銭的援助を行おうと、それは我々の勝手です」

「ち、違う……」

「何が違うんですか？」

「こ、こんなの……そ、そう！　じ、人身売買だろ！」

人を、愛理沙を、まるで商品のように売り買いする行為が許されて良いはずがない。

これは犯罪だと、祥太は主張した。

「どこが？」

「い、いや……だって、こ、婚約するのと一緒に、お金を支払って……」

「兄さんと愛理沙さんの婚約と、天城直樹《なおき》氏の経営する会社に私の父が融資を決めたことは、全く別の話です」

　まるで機械音声のように。

　彩弓はそう言った。

　その表情には何の感情の色もなく、ただただ機械的であり……それがとても怖かった。

「まあ、あなたが人身売買と思うのは勝手ですが……しかしこれは高瀬川と天城の問題。あなたには関係ありません」

「け、警察に……」

「警察は民事不介入です。高瀬川と天城の取引に、兄さんと愛理沙さんの婚約に、割って入る権限はありません。……当たり前でしょう？」

　小馬鹿にするように彩弓は言った。

　警察など怖くも何ともない。

　まるで、そう言うようだった。

　祥太は思い出す。

　高瀬川家が財界や政界に強い影響力を持っているという話を。

　祥太は思わず後退りした。

そんな祥太に対し、彩弓はさらに畳み掛けるように尋ねる。

「そもそも、あなたは愛理沙さんにとって、何なんですか？」

「え？　いや、オレは……」

自分は愛理沙にとって、何なのか。

恋人？　そんなはずはない。

友達？　……そこまで親しくない。

「お、オレは……雪城さんの、近所で、中学の頃の同級生で……」

「つまり、他人ですね」

他人。

そう……祥太は他人だ。

愛理沙にとって、他人でしかない。

「ち、ちが、お、オレは……雪城さんのことが……」

「ただの他人でしかないくせに、人様の婚約に口を挟まないでください」

それから彩弓は僅かに、一瞬だけ、その口角を上げた。

「それとも、あなたが結婚しますか？　あなたの言う通り、愛理沙さんが本当に脅されているだけなら、チャンスがありますよ？」

視界がグルグルと回った。

遠近感が狂う。
目の前がチカチカした。
「い、いや……」
思わず、愛理沙の方を見た。
すると彼女は……
気まずそうに目を逸《そ》らした。
分かっていた。
自分が言っていることが、支離滅裂であるということも。
愛理沙が自分のことなど、何とも思っていないことも。
そして……愛理沙が高瀬川由弦に好意を抱いているということも。
目の前が真っ暗になった。
咄嗟に、逃げようとした。
踵《きびす》を返すと……
「あっ……」
そこには深いブルーの瞳の男性。
高瀬川由弦が立っていた。
彼はどこか呆《あき》れた表情で、しかし少しだけ怒気を帯びながら、静かな声で言った。

「彩弓。これは何の騒ぎだ」

※

「それとも、あなたが結婚しますか？　あなたの言う通り、愛理沙さんが本当に脅されているだけなら、チャンスがありますよ？」

由弦が小走りで現場に近づくと、彩弓のそんな声が聞こえた。

その一言で、何となく由弦は現状を把握した。

例の小林という少年は、どうやら由弦と愛理沙の関係に関して、少し誤解している節があるようだ。

大方、由弦が愛理沙に対して、金や権力を使って交際を強制していると思い込んでいるのだろう。

それで由弦がいないうちに、愛理沙に接触した。

その過程で彩弓を怒らせるようなことを口にしたのだ。

彩弓は小林に敵意を抱いて反論し……

そして話している最中に、小林が愛理沙のことを好いていることに気付き、意地悪で「あなたが結婚しますか？」と言ったのだ。

由弦も彩弓も、両親から弁論の訓練は受けているので、そういう訓練を受けたことがない人間に対しては、口だけなら勝てる。

自分の意見は積極的に主張しろ。

絶対に先に自分の非を認めるな。

というのが両親の教えではあるが……

「彩弓。これは何の騒ぎだ」

由弦は咎《とが》めるように、彩弓に声を掛けた。

彩弓は由弦が少し怒っていることに気付いたようだ。

不満そうな表情で小林を指さした。

「この人が兄さんと愛理沙さんを侮辱したの。だから、反論した。間違ってる？」

「少し場所を考えるべきだな」

由弦は冷静に切り返した。

すると彩弓は少し慌てた様子で周囲を見回す。

当然のことだが、あれだけ騒げば周囲の視線はこちらに集まる。

両親の教えは要するに「自分が正しいということを周囲に示せ」ということなのだが、

それをショッピングモールでやるのは度が過ぎている。

一先ず彩弓を諌《いさ》めてから、由弦は小林に向き直った。

「お久しぶりですね、小林君」

「え？　あ、はい」

由弦が丁寧に挨拶すると、彼は呆気《あっけ》に取られた表情で頷いた。

そんな彼に対して、由弦は携帯を取り出して言った。

「連絡先を交換しないか？」

「え？　い、いや、何を……」

「君は俺に聞きたいことがあるんじゃないかな、と。そう思ったんだが」

由弦としても、今回の一件で彼と話し合いをする理由が生まれた。

お互いに妙な誤解を抱いていると面倒なので、ここは一度、話しておく必要がある。

「君にも用事があるだろう？　後日、日を改めて話をしよう。どうかな？」

「で、でも……」

「君も考えを整理する時間が必要なんじゃないかな？」

有無を言わせぬ態度で迫ると、彼は渋々という様子で頷いた。

やはり気が弱く、流されやすいタイプのようだ。

連絡先を交換し、その場で別れる。

彼は逃げるように立ち去った。

それを見送ってから、由弦は愛理沙と彩弓の方を向いた。

「二人とも、大丈夫だったか？」

「あ、はい。大丈夫です」

「うん。あー、兄さん。もしかして……」

「お前には後で話がある」

「はぁーい」

　幸いなことにそれ以降は何事もなくデートを終えることができた。

※

　さて、由弦は後から説教と合わせて彩弓から話を聞き、状況の確認を行った。

　基本的には由弦の読み通りだった。

　愛理沙が虐待を受けている云々《うんぬん》に関しては彩弓に対して念入りに口止めをし、由弦は小林と連絡を取り合った。

　幸いにも翌日の日曜日には都合がついた。

　由弦は彼の家の最寄り駅の喫茶店で、待ち合わせをした。

　無言でテーブルにつき、そして珈琲《コーヒー》を注文する。

　珈琲が届いてから……

由弦は切り出した。

「彩弓から話は聞いた」

「あ、あの……」

「君の中では、俺が愛理沙を脅して、無理矢理交際を迫ったことになっているらしいね」

「……すみません」

割と失礼なことを言ったという自覚はあるらしい。

……もっとも、愛理沙が無理矢理婚約を結ばされたということは事実なので、間違いはないのだが。

「謝罪を受け取ろう。それと……少し、彩弓が言いすぎた。そのことに関して、妹の代わりに謝罪するよ」

小林の方が先に非を認めてきたので、由弦の方も謝罪する。

彩弓の最後の言葉は明らかに余計だった。

さて、まずははっきりさせなければならないことがある。

どこから、婚約の情報が漏れたか、だ。

別に婚約の話は極秘中の極秘というわけではなく、口外しないに越したことはない程度の話だが……

しかしただの一般人であり、他人でしかない彼が婚約の情報を、しかもかなり歪《ゆが》んだ形で摑んでいる理由の方ははっきりさせなければならない。

「大翔さんに……聞きました」

「なるほどね」

由弦は愛理沙の、大翔への態度を思い出した。

愛理沙は大翔のことを信用していなかったが……その判断は間違いではなかったようだ。

どういう意図で情報を流したのかは分からないが、余計なことをしてくれたものだ。

当事者でもないにもかかわらず、由弦や愛理沙の人生を左右する重要な情報を赤の他人に流さないで欲しいものだ。

このことは、父である高瀬川和弥を通して、天城家に正式に抗議をするべき案件だろう。

……もっとも、誤った情報を流された小林はある意味、被害者だ。

こちらは失恋も含めると、同情の余地がある。

もっとも……だからと言って、愛理沙や彩弓を危険に晒《さら》したことは毛頭、許す気もないが。

許さないと言っても彼がこちらに支払えるものなどなく、下手に逆上されると余計に面倒なので、由弦は彼への怒りや不快感に関しては飲み込むことにした。

彼には失うものなど大してないかもしれないが、こちらにはあるのだ。

その上で由弦ははっきりとした口調で話し始める。

「まず、はっきりさせて貰うが、愛理沙を脅して交際を強要したような事実はない。そもそも、この婚約自体、俺はそんなに乗り気でもなかったからね」

「本当ですか？」

「君には俺が、そんな外道みたいに見えるのか？」

だとするなら心外だ。

別に好青年を気取るつもりはないが、しかし悪人に見えるような人相はしていないと由弦は思っている。

「いや、でも……雪城さんは美人じゃないですか」

「美人と言ってもね。俺は高校生だぞ。将来を決めるのはあまりにも早いだろう。常識的に考えて」

自分の価値観は君と同じだぞ。

と、そう念押しをする。

その効果はあったようで、少しずつ小林の態度が軟化していくのを感じた。

「そう、ですか。……そう、ですよね」

「そうだよ。俺も愛理沙も、家の都合で婚約者として、仲良くしている。それに婚約の方も、正式なものではない。だから……このまま、特に関係が進まなければ、自然消滅だね」

偽造婚約については、彼のことが信用できない以上、話せない。

もっとも話す意味も薄いのだが。

「……でも、その、婚約の見返りでお金が支払われたんですよね？」

「厳密には融資、借金だよ。それも莫大《ばくだい》な額だ」

由弦はそう言ってから、その金額を小林に告げた。

どうやらその額は彼の想定を遥《はる》かに上回っていたようだ。

「これを貸し付けたのは、俺の父親だ。……息子の色恋沙汰に、これだけの大金を使う親がいると思うか？」

勿論、由弦がとんでもなく不細工で、しかも高年齢で、それだけの大金を積まなければ結婚相手が見つからないようなら話は別だが……

由弦はまだまだ若いので、焦る必要は全くない。

愛理沙にそれだけの大金を積むほどの価値は――あくまで由弦の両親にとってはだが――ないだろう。

「分かってくれたかな？　父親はビジネスの一環として、融資をしたんだよ。だから融資と婚約は無関係だ。……婚約の対価として、愛理沙の値段として、高瀬川が天城に金を支払ったような事実はない」

由弦がそう言うと、小林は黙ってしまった。

まだ納得がいかないところがあるのだろうか？　と由弦は内心で首を傾げる。

どう説明をしようかと悩んでいると……

「…………した」

「ん？」

「すみませんでした！」

小林はそう言って、深々と頭を下げた。

これには由弦も少し驚いてしまう。

「醜い嫉妬をして、勝手に早とちりして、暴走して……雪城さんと、妹さんを傷つけてしまいました。……申し訳ありません」

「い、いや……頭を上げてくれ。全ては不幸な勘違いが原因だ」

とは言うものの、由弦は内心でホッとしていた。

彩弓が不味《まず》かった点は、小林を徹底的に叩き潰しすぎてしまったことだ。

あれでは逆恨みされても、仕方がない。

小林がストーカーのようになり、愛理沙や彩弓に危害を加えるようになったら、大問題だ。

特に愛理沙と小林は近所に住んでいるようなので、危険性が高い。

由弦はそれが気掛かりだったのだ。

しかし思っていたよりも、小林は根が素直だった。

これは不幸中の幸いだ。

まあ、だから騙《だま》されたのかもしれないが。

「大翔さんにも、勘違いだと……そう伝えておきます」

「あぁ……そうしてくれると嬉《うれ》しい」

言ったところで、アレは信じてくれないんじゃないかなぁー。

と由弦は思ったが、口には出さなかった。

「その、高瀬川さん。最後に一つ、聞いて良いですか」

「……何だ？」

「雪城さんのこと、好きですか？」

「……難しい質問だ」

由弦の愛理沙への気持ちは、以前宗一郎や聖に話した時と、大して変わらなかった。

つまり好きだけれど、恋心はない。

そんな感じだ。

「そうですか」

由弦の答えは曖昧だったが、しかし小林はそれで納得した様子だった。

「高瀬川さんは、雪城さんに相応しい男性だと思います」

「君は……」

「オレは、良いんです。オレは……雪城さんに相応しい男じゃありません。どちらにせよ」

由弦と愛理沙が恋仲になろうと、ならなかろうと。

自分の初恋が成就することはない。

と、小林は言い切った。

「雪城さんは……高瀬川さんの隣にいるときが、一番幸せそうにしています。……高瀬川さんのおかげで、踏ん切りが付きました。ありがとうございます」

そう言うと彼は珈琲代をテーブルに置いて、出て行ってしまった。

由弦は一人残される。

「一番、幸せそうに……ね」

由弦は天井を仰ぎ見ながら、呟《つぶや》いた。

※

十二月上旬。

以前、実施された高難易度模試と第三回全国模試という二つの模試の結果が返却された。

その週の土曜日。

由弦と愛理沙はお互いの成績表を見ながらため息をついた。

「また、負けてしまいましたね。……亜夜香さんに」

「そうだな。……あいつ、本当にどうかしている」

由弦も愛理沙も、亜夜香に敗北した。

つまり校内順位では亜夜香が一位で、由弦と愛理沙がそれぞれ二位と三位だった。

愛理沙は由弦をジト目で見た。

「というか、由弦さんもおかしいです。……特に英語」

「まあ、俺は元々、英語はそこそこ喋れるからね。父さんや爺《じい》さんに教えて貰えるし」

由弦の祖父はアメリカ人とのミックスだ。

そのため英語はペラペラ。

そしてまたそんな祖父に育てられた由弦の父も、英語が話せる。

そのような家系なので由弦が英語を話せるのも、必然と言えば必然だ。

勿論、ネイティブではないので多少の間違いはあるが。

それでも他の日本人よりは身近なので、かなり有利だ。

「良いですね。……私、英語、あんまり得意じゃないんですよ」

「みたいだね」

愛理沙は特に英語の勉強に力を入れているが、英語の成績は芳《かんば》しくない。

つまり苦手科目だ。

「私、この形《なり》じゃないですか」

「……まあ、喋れそうな見た目ではあるな」

日本人は白人はみんな英語を話すものだと思っている節がある。

愛理沙はいかにも、な見た目なので、英語が得意そうに見える。

「私、ロシアとフランスと日本のミックスなんで、英語の要素欠片《かけら》もないんですよ。そもそも日本生まれの日本育ちなので、期待されても困るというか」

「ご愁傷様としか言いようがない」

由弦は言われなければ分からない程度なので、そういう悩みを抱いたことはなかった。

そういう意味ではかなり幸運だろう。

「……そう言えば、愛理沙」

「何でしょう？」

「……クリスマスイブ、予定はあるか？」

由弦の高校は十二月の二十四日に終業式がある。

終業式そのものは午前中に終わってしまうので……

特に愛理沙に個人的な都合がなければ、一緒に夜を過ごすことが可能だ。

「予定はありません。でも……そうですよね。婚約者同士なら、普通……過ごしますよね」

僅かに愛理沙は頬を赤らめて言った。

その表情はまるで……由弦に気があるように見えた。

由弦の心臓がトクンと鳴る。

小林と話し合ったその日以来、妙に愛理沙のことを意識してしまう。

由弦は首を左右に振り、雑念を振り払った。

「一緒に過ごしてくれるという方向で良いかな？」

「はい。喜んで」

そう言って愛理沙は微笑んだ。

とても可愛らしく、美しい笑みだ。

果たして、〝婚約〟がなくても愛理沙はそう答えてくれるのだろうか。

そんな考えが脳裏を過る。

「それで場所とかは、どうする？　デートでもするか？　遊園地とか、定番だけど」

「遊園地、ですか。……凄く混雑しそうですね」

「まあ、そうだね」

人が多い場所では、あまりゆっくりした時間を過ごせそうにない。

「本来は大切な人とゆっくりと過ごす日らしいですし、お家で食事にしましょう」

「そうだな……」

大切な人。

という言葉に由弦は一瞬だけ、引っ掛かりを覚えた。

「だが、しかし家で食事となると、君の負担が……」

「お気になさらず。……由弦さんには私の手料理を、食べて欲しいです」

とくん、と心臓が音を鳴らした。

由弦は思わず、愛理沙の美しい瞳から目を逸らした。

「まあ、そんなに言うなら、ご馳走になろうかな」

「……ところで、由弦さん」

愛理沙はどことなく、真剣な声音で由弦の名前を呼んだ。

翡翠色《ひすいいろ》の瞳をパチパチさせた。

「どうした？」

「何色が好きですか？　……その、ファッション的な意味で」

どうしてそんなことを急に聞くのだろうか？

と由弦は一瞬、疑問を抱いたが……すぐに合点がいった。

おそらくはクリスマスのプレゼントだろう。

どうやら愛理沙はまた、何かを手作りしてくれるようだ。

「そうだね。……装飾品なら、派手なのも好きかな。君がくれたのとか」

由弦はそう言って、愛理沙が以前作ってくれた革のブレスレットを見せた。

しっかりと、今日も時計と一緒に身に着けている。

そこそこ派手な色をしているので、時計と一緒でも見劣りしないのだ。

愛理沙は恥ずかしそうに目を伏せた。

「でも、服とかなら……落ち着いた色が好きかな」

「落ち着いた色、ですか」

「ああ。……ところで、どうしてそんなことを？」

悪戯半分で由弦は愛理沙に尋ねてみた。

すると愛理沙は首と両手を大きく振った。

「な、何でもないです！　ただの興味本位ですよ!!」

そう言って否定する愛理沙は……

とても可愛らしかった。

由弦は思わず愛理沙の頭に手を伸ばしてしまった。

愛理沙はそれを撥《は》ね除《の》けることなく、受け入れる。

サラサラとした、透き通るように美しい亜麻色の髪を手で梳《す》く。

愛理沙は心地よさそうに目を細めた。

「意地悪ですね。由弦さんは」

「何が？」

「気付いているでしょ？」

「何が、まではさすがに分からないよ」

「……期待していてください」

「ああ、期待している」

しばらくの間、二人はそうして時を過ごした。

※

終業式は午前中に終わった。

愛理沙はその日、家には帰らず、そのまま由弦の家へと向かった。

二人とも私服に着替え、昼食は近くの喫茶店で軽く済ませてしまう。

それから、本格的なクリスマスの準備に取り掛かった。

食材に関しては、事前に由弦が指定通りのモノを買い込んでいたので、後は料理をするだけだった。

「では、由弦さん。私は料理をしていますので、飾り付け、よろしくお願いします」

「ああ、任された」

普段はクリスマスの飾り付けなどやらない由弦だが、しかし今日は愛理沙と過ごす日だ。

そう思うと、自然とやる気が出てくるから不思議だ。

そして由弦が飾り付けを終える頃には……

美味しそうな香りが漂ってきた。

「由弦さん、できました。配膳を手伝って貰えますか？」

「ああ、分かった」


バゲット。

アボカドと海老《えび》のリースサラダ。

ビーフシチュー。

ローストチキン。

フライドチキン。

フライドポテト。

クリスマスケーキ。


それが本日のメニューだった。

ちなみにパン屋で購入したバゲットを除けば、全て愛理沙の手作りだ。

「じゃあ、乾杯しようか」

由弦は冷蔵庫の中から、瓶入りの飲み物を取り出した。

透き通るように美しく、中には炭酸の気泡が見える。

「それ、気になってたんですけど……もしかして、シャンパンですか？」

「そうだと言ったら、愛理沙はどうする？」

由弦が冗談半分で尋ねると……愛理沙は少し考えてから答えた。

「……ダメです。未成年なのに、飲酒をするのは。由弦さんを叱ります」

「手厳しいな。……でも、安心してくれ。これはジュースだから」

シャンパン風のリンゴジュースだ。

つまりノンアルコール飲料である。

……実は由弦はクリスマスや年末、親戚同士が集まる時には普通に飲酒をしてしまっていたのだが、今回はさすがに自重した。

愛理沙ならば怒るだろうという判断だ。

「まあ、雰囲気ということで一口、付き合ってくれ。口に合わなかったら、残してくれて良いよ。他の飲み物も用意してあるから」

「そうですね、分かりました。せっかくですしね」

由弦はシャンパングラスを用意し、その中にジュースを注ぎ込んだ。

そして愛理沙と共に、グラスを掲げる。

「じゃあ、乾杯」

「はい、乾杯」

小さく、グラスをぶつけ合った。

そして一口、ジュースを飲む。

あくまで見た目がシャンパン風なだけなので、味はシャンパンとは異なる。

が、しかしさっぱりとして口当たりの良い、美味しいジュースだった。

「どうかな？　愛理沙」

「これは結構、好きかもしれません」

そう言って愛理沙は微笑み、一口、飲んでみせた。

本物のお酒ではないにもかかわらず、愛理沙の肌は僅かに上気していて、少し艶っぽかった。

「じゃあ、せっかくだし……料理の方を頂こうかな」

「はい、どうぞ」

取り敢えず前菜からということで、由弦はリースサラダに手を伸ばした。

クリスマスリースのように美しく飾りつけられているのでとても美しいが……

「うん、美味しいね。愛理沙の作るドレッシングは、市販のよりも美味しいね」

「ありがとうございます。サラダに使うお野菜に合わせて、作ってるんです」

「さすがだね」

由弦がそう言って褒めると、愛理沙は恥ずかしそうに頬を赤らめた。

そしてポリポリと頬を掻く。

とても可愛らしい。

次にビーフシチューを口にする。

肉を口にすると、口の中でほろっと蕩《とろ》けた。

「この肉、柔らかいね」

「長時間、煮込みましたから。……普段は時間が掛かりすぎてしまうので、できませんけど、得意料理なんです」

愛理沙は少し、自慢気に言った。

得意料理というだけあって、とても美味しい。

その他の料理もとても美味しかった。

しかしそれ以上に……

「楽しいな」

「ありがとうございます。……そんなに褒めていただけると、作り甲斐《がい》があります」

「……いや、まあ愛理沙の料理も美味しいのは間違いないんだけどさ」

由弦がそう言うと、愛理沙は不思議そうに首を傾げた。

美しい亜麻色の髪が僅かに揺れる。

エメラルドの瞳がじっと、由弦を見つめた。

「どうされましたか？」

「……やっぱり、君と一緒だから、楽しいんだと思う」

愛理沙の料理は勿論、美味しい。

だが、それ以上に。

愛理沙と一緒に食べる食事が美味しい。

「まあ、……その、何だ。こういうことを敢えて言うのは少し照れ臭いんだけどさ」

由弦は頬を掻いた。

自分の顔が熱くなるのを感じる。

「今日は一緒に過ごしてくれて、ありがとう。本当に楽しいよ。……また来年も、付き合って貰えないかな？」

「は、はい。……喜んで」

愛理沙は恥ずかしそうに、しかしはっきりと、頷いて答えた。

何となく、由弦は浮ついた気持ちになった。

今ならば、恥ずかしくて言えなかったような言葉も言えるような気がした。

「愛理沙」

「……何、ですか？」

「……これからも、その、俺に料理を作ってくれないかな？」

由弦がそう言うと、愛理沙の表情が固まった。

そして少し遅れて、顔が真っ赤に、茹で蛸のように染まった。

「……愛理沙？」

押し黙っている愛理沙に、由弦は声を掛けた。

すると愛理沙は我に返った様子で、背筋をピンと伸ばした。

「は、はい！　そ、その、喜んで！」

そして愛理沙は由弦の手を握った。

由弦は思わず、呆気にとられる。

「あ、いや……すみません！」

我に返った愛理沙は顔を真っ赤にしたまま、慌てて由弦の手を離した。

そして、咳払いをする。

「その、お食事も終わりましたし……プレゼントの交換をしませんか？」

「そうだね」

由弦も少し気恥ずかしく思ってきたところだ。

気分を変えるのに丁度良い。

まずは愛理沙から。

彼女は鞄《かばん》から綺麗に包装された包みを取り出した。

「その、由弦さん。……これ、プレゼントです」

「おぉ、ありがとう。……開けて良いかな？」

「はい」

由弦は慎重に包み紙を開いた。

中から現れたのは……

「マフラーか」

灰色の毛糸で編まれた、手編みの防寒具だった。

金色の刺繍《ししゅう》で、『ＹＵＺＵＲＵ』という文字が描かれている。

とても暖かそうだ。

色合いも落ち着いていて、どんな服にも合わせられそうだ。

何より……愛理沙からの思いを感じられた。

「ありがとう、愛理沙。せっかくだし、今日から使わせてもらうよ」

とはいえ、今は邪魔になってしまうので由弦は丁寧に折りたたんで床の上に置いた。

そして由弦の方も、愛理沙へのプレゼントを持ってくる。

ブルーグリーンの紙袋を愛理沙に渡した。

「こ、これって……その、開けても良いですか？」

「どうぞ」

愛理沙はやや緊張した表情で袋を開く。

そして中に入っていたブルーグリーンのジュエリーボックスを開けた。

「俺が選んだモノだし、デザインの方は気に入ってくれるか、分からないけど。……どうかな？」

愛理沙はその白い手を震わせながら、ネックレスを手に取った。

ピンクゴールドのネックレスだ。

あまり高価なものを贈ると愛理沙が委縮してしまうような気がしたので、決して高価な品というわけではないが……物は良い物だ。

「い、良いんですか？　私の、その、プレゼントと比べると……」

「愛理沙には普段から、弁当や夕食を作って貰ったりしているからさ。……十分に俺のバイト代で買えるような代物だから、安心しろ」

由弦がそう答えると、愛理沙はネックレスを両手で握り、自分の胸に押し付けた。

そして僅かに潤んだ瞳で由弦を見つめる。

「大切にします。……その、今、着けても？」

「見せてくれ」

由弦がそう言うと、愛理沙は小さく頷き、その美しい綺麗な首にネックレスを掛けた。

由弦の見立て通り……とてもよく似合っていた。

一段と、華やかに見える。

「どう、ですか？」

「綺麗だよ。……君なら、似合うと思った」

「……ありがとう、ございます」

愛理沙は嬉しそうにはにかんだ。

幸せそうな愛理沙を見て、このネックレスを選んで良かったと心の底から思った。

※

由弦は彼女を送り届けることにした。

手を繋ぎながら、二人で夜道を歩く。

楽しい時間はあっという間だった。

愛理沙の家のすぐ側まで、来てしまった。

「由弦さん、今日は……ありがとうございます。一生の思い出になりました」

「一生は大袈裟だろう」

由弦がそう言うと……

愛理沙は大きく首を横に振った。

「大袈裟なんかじゃ、ないです。……こんなに楽しいクリスマスイブは、本当に久しぶりです。由弦さんのおかげで、冬が……好きになったかもしれません」

「君が冬を好きになれるように努力する、というのが約束だからね」

もっとも……

途中からは、由弦の方が楽しむために動いていた気がする。

愛理沙を喜ばすのが、笑顔にするのが……生き甲斐になっている自分に気付く。

「まだ冬は続くからさ。……楽しみにしていてくれ」

「はい、勿論。由弦さんとなら、冬でも……春でも夏でも秋でも、楽しいです」

とても嬉しいことを言ってくれた。

感慨深い気持ちが湧き上がってくる。

「俺もだよ……愛理沙。君と一緒なら、何をしていても楽しい」

素直な気持ちを由弦は愛理沙に伝えた。

叶《かな》うならば……ずっと、彼女と一緒にいたかった。

別れたくなかった。

しかし……家の前まで、来てしまった。

「由弦さん、では……私はこれで」

「ああ、おやすみ。愛理沙」

「おやすみなさい」

別れの挨拶を交わす。

愛理沙はゆっくりと、由弦に背を向け、歩き始めようとして……

「待ってくれ」

気付くと由弦は愛理沙を呼び止めていた。

愛理沙は振り返り……不思議そうに首を傾げた。

「どうしましたか？」

「……」

どうして呼び止めてしまったか、由弦にもイマイチ、分からなかった。

ただ……おそらく、別れたくなかったからだろう。

彼女と一緒にいたかったから、呼び止めてしまった。

しかしこの真冬に長時間、彼女を留《とど》め続けるわけにもいかない。

だから……

「その、愛理沙」

「はい」

「一つ、お願いがあるんだ」

「何ですか？」

「……抱きしめて、良いかな」

彼女の肌をもっと感じたかった。

別れる前に、その温かさと柔らかさを、自分の体に刻み込みたかった。

由弦のそんな願いに対し、愛理沙は一瞬驚いた様子で目を見開いた。

が、しかしすぐに翡翠色の瞳を細めた。

柔らかく微笑む。

その肌は薔薇《ばら》色《いろ》に染まっていた。

「良いですよ」

愛理沙はそう言って、両手を広げた。

由弦は吸い寄せられるように彼女に近づき……大きく両手を広げ、抱きしめた。

温かかった。

柔らかかった。

美しい亜麻色の髪からは、とても良い香りがした。

ドクドクと、全身の血流が激しくなる。

「もう、良いよ。愛理沙」

「……そうですか」

名残惜しい気持ちを無理矢理抑え込みながら、由弦は愛理沙を解放した。

彼女の顔は……真っ赤だった。

由弦も同様だろう。

「じゃあ、改めて。また今度」

「はい、また今度」

由弦は愛理沙が家へと入るまで、しっかりと見送った。

そして踵を返し、夜道を歩き始める。

空を見上げると、星が輝いていた。

思わず、ため息をつく。

「困ったな……」

そして由弦は、愛理沙から貰ったマフラーを両手で摑んだ。

体にはまだ、愛理沙の温《ぬく》もりが残っている。

愛理沙が……欲しい。

滅茶苦茶《めちゃくちゃ》にしたい。

独占したい。

彼女の料理も、マフラーも、愛情も、笑顔も、怒った顔も、照れた顔も、泣き顔も、その美しい瞳も、ふっくらとした唇も、きめ細やかな髪も、白磁のような肌も、柔らかな肢体も、その服の下にある秘めた部分も……

何もかも、自分の物にしたかった。

他の男には、何一つ奪われたくないと、思った。

だから……

「すまない、愛理沙。……決めたよ。俺は、必ず、どんな手を使っても、君を手に入れる」

由弦は静かに宣言した。

※

とある酒場のカウンターに、二人の人物が腰を掛けていた。

一人は青い瞳に黒髪の、温和そうな男性。

高瀬川和弥。

由弦の父であり、そして高瀬川家の今代当主だ。

もう一人は琥珀色《こはくいろ》の瞳に、黒髪の、気難しそうな男性。

橘虎之助《とらのすけ》。

亜夜香の叔父であり、橘家の今代当主（本人は〝代行〟を自称）である。

二人の手元には、空になったグラス。

すでにかなりの酒が回っている様子だ。

「そう言えば、風の噂で聞いたぞ、和弥」

親しそうに虎之助は和弥を名前で呼んだ。

由弦と亜夜香が親しいように、二人も親しい関係にある。

私的な場では、名前で呼び合う程度には。

「ふむ、噂か。それは……良い噂かな？　日頃の行いの賜物《たまもの》ということか」

「確かに、日頃の行いの賜物かもしれんな。もっとも……俺が聞いたのは、悪い噂だがな」

バーテンダーが無言でカクテルをカウンターに置く。

虎之助と和弥はグラスを手に取り、酒を口に運ぶ。

「高瀬川が金で女を買ったと」

「……ふふ」

虎之助の言葉に対し、和弥は肯定も否定もしなかった。

しかし僅かに目を細める。

そんな和弥に対し、虎之助は口調で軽蔑しながらも、目だけは笑いながら咎める。

「助けて欲しければ、娘を寄越《よこ》せか。相変わらずの汚さだな。高瀬川《お前たち》は」

「人聞きが悪いな、君は。……順序が逆だよ。息子の思い人の家を支援するために、融資をしたんだ。そこを履き違えないで欲しいね」

それから和弥はカクテルの入っているグラスを、軽く手で回す。

「それにこの婚姻が上手《うま》く行こうが、行かなかろうが……天城直樹氏とのビジネスは、続けるつもりだからね」

「ほう……」

「彼は我が家が持っていないものを持っている。……時代遅れの一族には、なりたくないからね」

天城直樹の経営者としての能力には若干の不安がある。

だが技術者としての能力に関しては、和弥は買っていた。

だから彼の会社を取引先として、そして彼の娘を息子の婚約者として認めたのだ。

「親だからそう見えるだけかもしれないけど、由弦は男としては及第点に達している。だから結婚相手には困らない。金を支払う理由がない。分かるだろう？」

重要なのはビジネスであり、金だ。

天城直樹に対する援助は、将来的に高瀬川家に対して大きなリターンが得られると判断したからこそだ。

断じて、愛理沙の〝購入代金〟ではない。

高瀬川家は人身売買に与《くみ》する一族ではない。

和弥は酒を飲みながら主張する。

「だからこそ、だろう？」

「……何が言いたいのかな？　虎之助」

「金の生《な》る樹を他所にやりたくないからこそ、人質を寄越せと強請《ねだ》ったのだろう？」

「嫌な言い方をするね、君は」

和弥は肴《さかな》として出されたチョコレートを摘んだ。

「俺が求めたのは、〝信用の証《あかし》〟だよ。そして俺からの〝信用の証〟でもある。双方合意の上だよ。天城直樹氏もうちと血縁関係を結ぶことには好意的だった。どちらにもメリットがあるからね」

莫大な融資をする以上、逃げられたら大損だ。

そして天城にとっても、高瀬川に技術と知識だけを取られて捨てられることは避けたい。

だからこそ、天城と高瀬川は大切な子供を双方、差し出した。

つまり経済的な利益――天城への支援・融資――が主目的ではなく、政治的な利益――天城直樹が高瀬川の傘下に入ることの表明――が主目的だ。

和弥は虎之助にそう説明するが……

「詭弁だな。力関係というものを考えろ。お前たちは相変わらず、口先だけは上手い」

「はぁ……こんなに言葉を尽くしても理解してくれないとはね。守銭奴の橘には、この人情味が溢《あふ》れる両家のやり取りが分からないか」

実際のところ、天城直樹にとって由弦と愛理沙の婚約はとてもありがたいものだろう。

それだけ高瀬川が天城を重視しているという、証明なのだから。

尤《もっと》も……両家の力関係は歴然としている。

たとえ両者が納得していたとしても、虎之助のように——もっとも彼は揶揄っているだけで本気で言っているわけではないが——高瀬川が金と権力で脅したと捉える者もいる。

だがそれは勝手に言わせておけば良い。

元々高瀬川家には敵が多い。

この世の全ての人と仲良くすることは不可能だ。

故にそこは割り切るしかないのだ。

「しかし、気になることがあるな」

「ふむ、どの辺りに疑問が？」

「どうして、血の繋がっていない方の娘を選んだ？　天城にはもう一人、娘がいただろう。それに息子も」

天城直樹には雪城愛理沙以外にも、血の繋がった娘と息子がいる。

人質にしても、〝信用の証〟にしても……

血の繋がっていない方よりも、血の繋がっている方がより機能する。

「これはここだけの話なんだけどね」

「ふむ」

「最初はその、天城の……血の繋がっている方の娘さんの予定だったんだよ」

高瀬川としては、血の繋がっている方と繋がっていない方、どちらが欲しいかと聞かれれば血の繋がっている方が欲しいに決まっている。

天城にしても、血の繋がっていない子を出すのは……高瀬川に対してあまりにも失礼な行為だ。

故に血の繋がっている方の娘が選ばれるのは、当然の帰結だ。

「ただ、彼女はまだ小学六年生だった。……由弦は絶対に嫌だと言うからね」

「まあ、確かにな」

「だろう？　だからもっと時を置いてからにしようと考えていたんだ」

具体的にはおおよそ、四年後。

天城の娘が十五歳、由弦が十九歳になったタイミングで顔合わせをさせるのが、当初のプランだった。

「それにどうしても血縁関係が必要とまでは、俺は思っていなかったからね」

和弥にとって由弦と天城の娘——天城芽衣《めい》——が結婚することは、どうしても必要なことではなかった。

少なくとも、息子に無理強いをするほどの価値を認めていない。

「これが原因で息子と喧嘩《けんか》になるのも、嫌だしね」

「ふむ。まあ……何がお家騒動の原因になるか、分からないからな」

虎之助は大袈裟に頷いた。

巨大な組織が崩壊するのは、外部からではなく、内部からと昔から決まっている。

「ふむ、では……何がお前を焦らせた？」

「……別に俺は焦ってなどいなかった。急いてたのは……親父《おやじ》だ」

「……高瀬川のご老公が？」

虎之助は首を傾げた。

高瀬川先代当主である、由弦の祖父、つまり和弥の父親はけして愚かな人物ではない。

彼の行動には必ず、合理的な理由があるのだ。

意味もなく、由弦に結婚を勧めるとは思えない。

「何か、重要な意図が？」

「……老い先短い人間にとっては、可愛い孫の嫁《よめ》と曾孫《ひまご》を見ることは、きっと地球の未来よりも重要なことなんだろうさ」

「……」

必ず合理的な理由がある。

だが……和弥にとって、高瀬川家全体にとってかどうかは、また別の話だ。

「かのご老公の慧眼《けいがん》も、曾孫見たさには曇るか」

ぽつりと虎之助は呟いた。

それから再度、和弥に尋ねる。

「ご老公が曾孫を見たいというのはよく分かった。しかし……結局のところ、どうして血の繋がりがない方を選んだ？」

その問いに対して和弥はすぐには答えず……

ゆっくりと、カクテルを口に含んだ。

そして僅かに酒で紅潮した顔で言った。

「息子の恋、だね」

「……はぁ？」

何をこいつは言っているんだ？

と、虎之助は首を傾げた。

そんな虎之助に対して和弥は説明する。

「元々ね、由弦と愛理沙さん……つまり天城の血の繋がっていない方の娘さんが同じクラスだったのは知ってたんだけどね」

「ふむ……それで？」

「由弦に縁談の話を匂わせていたらね……『俺は金髪碧眼《へきがん》の美少女じゃねぇと婚約しない！』なんて言いだしたんだよ」

「……」

雪城愛理沙の髪質は金髪に近く、瞳の色も碧眼に近い。

そして何よりも美少女だ。

そんな彼女と同じクラスの由弦が、「金髪碧眼が良い」と言い出したのだ。

これはつまり……

「縁談を嫌がるのも納得だよ。息子にはすでに好きな人がいたんだ」

もはや、愛理沙そのものを指していると言っても過言ではない。

由弦は「雪城愛理沙じゃなければ、結婚しない」と主張したのだ。

……もっとも、これは和弥の勘違いである。

由弦は「天城」の名前は知っていたが……

当時は高瀬川と天城が接近しているということも由弦には伏せられており、加えて〝雪城〟愛理沙が天城の縁者であるとは、思ってもいなかったのだ。

そして由弦の脳内名家メモには〝雪城〟は載っていなかった。

愛理沙のことは「美人なだけでちょっぴり裕福な一般的な家庭の子」と認識していたの

で、まさかお見合いに来るとは思ってもいなかったのだ。

「しかし、彼女は金髪碧眼……と言えなくもないが、少し微妙なところではないか？」

虎之助は橘邸を訪れた彼女の容姿を思い出しながらそう言った。

愛理沙の髪色は、「茶髪」と答える人と「金髪」と答える人がいるだろう。

つまり金髪とは断言できない。

加えて瞳は碧眼ではなく、翠眼《すいがん》である。……もっとも、これは光の加減次第でいかようにも見えるが。

「照れ隠しで、少し情報を捻《ね》じ曲《ま》げたんだろう。恥ずかしくないなら、名前を直接言うはずだ」

「……そういうものか」

「そういうものだ」

少し納得がいかない様子で虎之助は首を傾げたが、しかしあまりにも和弥が自信あり気に頷くので、そういうものだと強引に納得することにした。

「……まあ、いいだろう。しかしお前は血が繋がっていない方で、良いのか？」

「繋がりができればそれで構わないさ。血縁に拘る理由はない」

高瀬川と天城の縁談は、繋がりを強化するためのものであり……逆に言えばそれ以上でもそれ以下でもない。

だからどうしても、直接的な血縁に拘らなければならない理由はない。

もっとも、嫁入り前に正式な養子縁組を行って、天城愛理沙になってもらわないと高瀬川としては困るが。

しかしそれは正式な婚約の後で良い。

今はまだ、仮の段階だ。

急ぐ必要はない。

「ところで、天城直樹氏の方はどう考えているんだ？　彼としては……実の娘の方が、都合が良いのではないか？」

どうせ繋がりを強化するならば、実の娘を嫁に出したいと考えるのが普通だ。

高瀬川家はこの国有数の名門。

血の繋がっている娘と、繋がっていない娘……

普通は前者の方を可愛がるし、前者の方に良い縁談先を用意したいと考えるだろう。

「彼は喜んでいたよ。高瀬川家なら、安心だと」

「ふむ……実の娘の方が可愛いから嫁には出したくない、という口か？」

「さあ……そればかりは」

和弥は肩を竦めた。

天城の家庭環境についてまでは、さすがに踏み込めない。

否、興味がない。

和弥にとって、愛理沙の家庭内の立ち位置はそれほど重要なことではないのだ。

唯一興味があることは天城の次期当主だが……

それさえも、大勢に影響はない。

天城の後継者が有能であれば、そのまま関係を継続すれば良い。

無能ならば、愛理沙を使って奪ってしまえば良い。

冷静で冷徹で冷血。

それが高瀬川和弥、否、高瀬川家という一族に対する世間の評価だ。

「肝心の本人たちは、どうなんだ？　天城の娘……雪城愛理沙、だったか？　彼女がお前の息子を嫌っていたら、話にならないが」

「まあ、そうだね。俺としても息子のことを愛している女性を家族として迎えたいからね」

和弥は政略結婚を否定しない。

むしろ積極的に肯定している。

が、強制的に縁組みさせるような真似はしたくなかった。

家族内で内紛が起きれば、大きな損害が生じる。

争いの火種は望まない。

もし雪城愛理沙が由弦のことを心の底から嫌っていたら……

諦めるしかないだろう。

だが……

「俺の目から見て、二人は思い合っているように見えるよ。是非、二人には結婚して……可愛い孫を見せて貰いたいね」

「お前としても、気に入っているのか」

「勿論。性格も器量も良い。頭も悪くない。料理も上手。由弦を立てることもできる。高瀬川に迎えるお嫁さんとしては、最良の人物だね」

和弥は上機嫌にそう言った。

それから酒に酔っているせいか……少し口が滑り始める。

「彼女は元気な子を産み育ててくれそうな感じがするんだよね」

「直接、それを言うな？　義理の娘に嫌われたくなければな」

「分かっているよ。でも、孫は可愛いに越したことはないだろう？　孫か、孫かぁ……俺たちももうすぐ、爺さんかぁ……」

「孫、か。子もいない俺には興味のない話だな」

虎之助は鼻を鳴らした。

彼は結婚していないため、子供もいない。

　もっとも……彼の亡くなった兄の娘の亜夜香がいるので、橘の血が絶える心配はない。

「お前には可愛い姪《めい》がいるだろう。……そう言えば、どうなっている？　亜夜香さんと、上西の娘さんと、宗一郎君は……」

「はぁ……聞いてくれるな」

「その様子だと、そちらのゴタゴタはまだ片付いていないようだね」

　疲れ切った表情の虎之助に対し、和弥は上機嫌だった。

　由弦と愛理沙の関係が上手く行きそうなので、彼としては一先ず肩の荷が下りた気分なのだろう。

「この件は高瀬川も無関係ではあるまい。お前の息子が大人しく、上西と婚約すれば話はもっと単純だった」

「強制はできないという話は、先ほどしただろう？　上西との関係修復は、由弦の子供に期待することにしていてね」

「ふん、勝手だな」

「勝手なのは君だろう？　君が息子でも娘でも子供を作っていれば、亜夜香さんを嫁に出せる。佐竹でも、うちでも、他の家でもね。まあ今更の話だけど」

「橘の後継者は亜夜香だ」

「強情だねぇ……君も」

「どうとでも言え」

そんな他愛《たあい》もない話をしながら、二人は酒を飲む。

そして……ふと、虎之助は和弥に尋ねた。

「ところで……もし由弦君と雪城愛理沙の関係が悪化したら、どうする？」

「それは破談だねぇ……無理強いしても、良い結果にはならないだろうし」

仕方がないというように、和弥は肩を竦めた。

息子が失恋するのは可哀想《かわいそう》だが、しかしそれも人生経験の一つである。

息子の方が愛理沙への興味をなくすのであれば、それはそれで構わない。

一見すると仲睦まじい男女が、翌日には絶縁するということもあり得なくはないのだ。

高瀬川和弥という男にとって、雪城愛理沙はいくらでも、替えが利く人間だ。

失ったところで惜しくはない。

「では……」

虎之助は尋ねる。

「天城直樹の方が、代わりに実の娘の方をどうぞと、言って来たらどうする？」

それに対し、和弥は小さく笑って答えた。

「大歓迎さ。俺にとっては、どっちでも構わない……いや、実の娘の方が、都合がいい」

番外編　お泊まりの時、もし雷雨がもう少し本気を出していたら

「……これは酷《ひど》いな」

「困りましたね」

由弦《ゆづる》と愛理沙《ありさ》は揃《そろ》って空を見上げた。

松茸《まつたけ》料理に必要な材料を買いに二人でスーパーに行ったのは良いのだが……スーパーを出るころには雨が土砂降りになっていたのだ。

マンションを出る前までは、少し曇っていた程度だったのだが。

「折り畳み傘くらいは一応、持ってきたんだが」

「この雨だと、あまり意味はなさそうですね……」

バケツをひっくり返したような雨とは、まさにこのことだろう。

折り畳み傘はおそらく、役に立たない。

「……どうする？」

「どうするもこうするも……いつ止《や》むか分かりませんし……仕方がないですよ」

「まあ、それも……そうだね」

一応、「タクシーを呼ぶ」という手もある。

しかしマンションからスーパーまでは精々、十分程度の距離しかない。

この短い距離でタクシーを呼ぶのもバカらしいし、何より由弦もお金に余裕があるわけではない。

両親から貰《もら》っている生活費も有限なのだ。

「走りましょう」

「そうだね」

結論は一つだった。


「いや……ちょっと、本当に酷いな……」

「ここまで酷いのは、久しぶりですね……」

なんとか、マンションの部屋まで辿《たど》り着《つ》いた二人は息を切らしながら口を揃えて言った。

二人とも衣服を着たままプールに入ったのではないかと思うほど、びしょ濡《ぬ》れだった。

服を雑巾のように絞り、靴下を脱いでから部屋に上がる。

それから由弦は愛理沙にタオルを渡した。

「はい、タオル」

「ありがとうございます」

手渡されたタオルで愛理沙は雨水を吸い込んだ色素の薄い茶髪を拭き始めた。

（……白なんだ）

一方、由弦は髪を拭きながらそんなことを考えていた。

白。

何が？　言うまでもなく、愛理沙の下着の色だ。

今日の愛理沙は白いブラウスに薄い上着を羽織ったファッションだったのだが……その白いブラウスが水を吸い込み、愛理沙の肌に張り付いていた。

白く透き通るような綺麗《きれい》な肌と、白い清楚《せいそ》な下着がくっきりと、服に浮き上がってしまっている。

親しい女友達のそのような姿を見ると、どうしてもドキドキしてしまう。

（……いや、良くないな）

由弦は我に返り、愛理沙に背を向けた。

愛理沙に対して失礼というのもあるが、視界に入れ続けていると理性がゴリゴリと削られていくような気がしたからだ。

「……どうしましたか？」

一方で愛理沙は自分の姿が、男友達を変な気分にしているとは気付いていないらしい。

突然、自分に背を向けた由弦に疑問を投げかけた。

「い、いや……」

由弦は思わず口籠もる。

特に理由はないと答えるのは不自然だ。しかし服が透けていると指摘してよいものか。

「……どうしたんですか？　何か……あっ」

自分の胸元へ視線を向けた愛理沙は、小さな声を上げた。

すぐに愛理沙の肌が仄《ほの》かに赤く染まる。

「す、すみません」

愛理沙はそう謝ると、反射的に由弦に背を向けた。

二人は互いに背を向け合う形になった。

「え、えっと……見ましたか？」

愛理沙はおずおずと、戸惑った声で由弦にそう尋ねた。

もちろん、聞くまでもなく答えは分かっている。

見たから、気付いたから由弦は背中を向けたのだ。

「ま、まあ……その、少しね」

嘘《うそ》をつくわけにもいかず、由弦はそんな曖昧な答えを口にした。

実際は少しどころではなく、かなりしっかりと見てしまったのだが……それは〝少し〟

の定義次第である。

「すまない」

由弦がそう謝罪すると、愛理沙が慌てたような声を上げた。

「い、いえ……事故ですし。……油断した私が悪いんです」

それから愛理沙は少し混乱しているのか……

「その、お見苦しい物をお見せして、すみません」

妙なことを口走った。

一方、混乱していた由弦もまた……

「い、いや……別に見苦しくはなかった」

変なことを答えてしまった。

「そ、それは……良かったということ、ですか？」

「え？　いや、まあ……うん。……綺麗、だったよ」

愛理沙の問いに対し、由弦は正直な感想を伝えた。

そして二人は「私（俺）は何を言っているんだ」と揃って後悔した。

それから微妙な沈黙がその場を支配する。とても気まずい。

さて、それから二人は何とか仕切り直し、今後のことについて話し合った。

まず愛理沙の着替えについては由弦がジャージとシャツを貸すことにした。

それから夕食を食べつつ雨が止むのを待つことにした。大雨の中、愛理沙を家に帰すわけにはいかないからだ。

しかし……その後、風雨は激しさを増し、雷まで鳴り出した。

結果、愛理沙は由弦の家に泊まることになったのである。

さて、夕食後。

由弦は一人、浴室の前で座っていた。

背後からシャワーの水音と共に愛理沙の声が聞こえてくる。

「由弦さん、いますか?」

「いるよ」

由弦は大きな声でそう答える。そして内心でため息をつく。

(全く、心配性というか、臆病にもほどがあるんじゃないか?)

シャワーを浴びている最中に停電が起こったら、一人だと怖いので、近くにいて欲しい。

そういう理由で由弦は愛理沙がシャワーを終えるまで待っていた。

「まあ、怖いものは仕方がないか……」

誰にでも苦手な物、怖い物はある。それが愛理沙にとっては暗いところだ。ならば……

仕方がない。

　そんなことを思っていると……

「……え？」

　唐突に視界が暗くなった。

　停電が発生したのだと由弦が理解するのには、一秒ほど時間を要した。

「愛理沙、大丈……」

「由弦さん！」

　急にドアが開き、水に濡れた愛理沙が飛び込んできた。慌てて由弦は愛理沙の体を支える。

「お、おい、愛理沙。お、落ち着け」

　とは言うものの、実は由弦もまた混乱していた。

　暗闇で見えないとはいえ、同級生に全裸で抱き着かれれば、混乱するのは当然のことだった。

　その混乱した状態で、愛理沙に抱き着かれたまま、由弦は出しっぱなしにされているシャワーを止めようと浴室に足を踏み入れ……

「あっ」

　石鹸《せっけん》と水で滑りやすくなっていた床で、バランスを崩した。そしてそのまま二人揃ってシャワーへとツッコミ……

「ひぃぁ！」

「冷た！」

温水から冷水に変わったシャワーを、由弦と愛理沙は揃って浴びることになった。

由弦は慌てて、手探りでシャワーを止める。

「……す、すまない」

「い、いえ……元はと言えば私が悪いので……」

冷水を浴びて冷静になった二人は揃って謝った。

「あ、あの……由弦さん。退《ど》いて貰えませんか？」

「え？　あ、ああ……わ、悪い！」

全裸の愛理沙を押し倒していたことに気付いた由弦は、慌てて彼女の上から退いた。

そして一先《ひとま》ず、愛理沙にタオルを渡そうと、タオル掛けがある部分を探るが……何もない。

「あれ？　……タオル、知らない？」

「……知ってます。水に濡れてますが」

どうやら混乱の中でバスタオルも落下してしまい、シャワーの冷水を浴びたようだ。

とはいえ、ないよりもマシということで……愛理沙は暗闇の中、水を絞り、身に纏《まと》った。

「……一先ず、懐中電灯を取ってくるよ」

由弦がそう言って立ち上がると……ギュッと、何かに引っ張られた。言うまでもなく、愛理沙だ。

「ひ、一人にしないでください」

「い、いや、でも……」

「下手に動くのは危険です！　す、少し待ちましょう。すぐに復旧するかもしれません！」

必死な声で愛理沙に説得され、由弦は少しその場で待つことにした。

愛理沙を一人にするのは良くないと思ったのもあるが……濡れた状態で家探ししたくなかったのもある。

「……」

「……」

暗闇の中、由弦と愛理沙は無言だった。そして視線は互いに下を向いている。

同級生と、暗闇の中、風呂場で、互いにびしょ濡れで、二人っきり、しかも片方は全裸。

変な雰囲気になるのは自然なことだった。

「ちょっと、寒いな……」

少し気まずくなった由弦はポツリと呟《つぶや》いた。冷水を吸い込んだ服を着ているのだから、当然と言えば当然だ。

「……脱いだ方が良いかもしれませんね」

「そ、そうかな？」

「風邪引いちゃいますよ」

愛理沙のそんな言葉に促されるように、由弦はシャツを脱いだ。しかしそれでもまだ寒い。

「……私も寒くなってきました」

それから愛理沙もまた、呟いた。

そしてお互い、顔を上げる。暗闇に目が慣れたことで、目の前に相手がいるということだけは分かる。

自然と、二人は距離を詰めた。

そして互いに手を握る。じんわりと体温を感じる。冷えた体にはとても、温かく感じた。

「こ、このままだと……本当に風邪を引きそうだな」

「そ、そうですね。体が冷えるのは、良くないです」

体を冷やすのは良くない。そんなことを言い訳のように二人は言い合いながら、互いに距離を詰めていく。

手を握り、次に腕と腕を絡ませ、ついに体と体を寄せ合い、抱きしめ合い、密着する。

「……さ、寒いな」

「寒い、ですね」

そんなに寒いわけでもないのに、すでに体は十分に温まっているはずなのに。

二人はそんな言葉を口にしながら、上半身と上半身をピッタリと密着させ、そして下半身の距離も次第に詰めていく。

「……愛理沙」

暗闇の中、由弦は女友達の名前を呟いた。

彼女はとても柔らかく、温かかった。

僅かに体を動かすと、その滑らかな、柔らかい女の子の肌の感触が伝わってくる。

ドクドクという胸の鼓動と共に、自分の胸板によって、彼女の柔らかい双丘が形を歪《ゆが》めていることがはっきりと分かる。

視線を下ろすと、暗闇の中、朧気《おぼろげ》に白い背中が浮かんで見える。

今、自分が触れている背中だ。

もう少し光があれば、その白い背中をもっと良く見ることができるのにと、由弦はとても残念に思った。

彼女の柔らかく、華奢《きゃしゃ》で、しかし美しい肉体が、由弦の本能を刺激する。

自然と下半身に血流が集まり、熱くなっていく。

「由弦さん……」

暗闇の中、愛理沙は男友達の名前を呟いた。

彼はとても硬く、温かかった。

強く体を抱きしめ、手に力を込めると、しっかりとした筋肉の感触が伝わってくる。

男の子の、男性の、自分とは全く異なる、力強い肉体だ。

そんな彼の分厚い胸板によって、自分の胸部の柔らかい乳房が押さえつけられていた。

視線を下ろすと、ガッシリとした背中が僅かに浮かんで見える。

背中や肩にも、厚い筋肉の層があることは、軽く手で触れるだけでも十分に分かる。

あと少し目が慣れてくれば、その逞《たくま》しい背中をもっと良く見ることができるのにと、愛理沙はとても残念に思った。

彼の硬く、頼りがいのある、丈夫な肉体が、愛理沙の理性を溶かしていく。

胸と下腹部が妙に切なくなってくる。

「愛理沙……」

「……由弦さん」

気が付くと、愛理沙は由弦の足の上に乗る形になっていた。

愛理沙の足は由弦の背後へと回り込み、絡みついている。

一方で由弦も愛理沙が自分の体の上から落ちないように、強く抱きしめていた。

上半身と上半身だけでなく、下半身と下半身もピッタリと密着していた。

熱さと硬さを増した由弦の〝男性〟が、熱く柔らかい愛理沙の〝女性〟に、分厚いズボンの布地越しに触れていた。

その事実は由弦の本能を昂《たかぶ》らせ、一方でその感触は愛理沙の理性を蕩《とろ》けさせた。

ズボンさえなければ、二人の下腹部の触れ合いを遮るような物は何もなかった。

間違いが起こっていた。

もっとも……あってもなくても、それが起こるのは時間の問題だった。

背中に触れていた由弦の手がゆっくりと、下へと下りていく。

一方で愛理沙は由弦のズボンに触れ、軽く指を引《ひ》っ掻《か》け、下に下ろそうとし……

「ん？」

「あれ？」

その時、由弦と愛理沙の視界が白く染まった。

思わず二人は目を細めた。

暗闇から突然、視界が良好になる。……電気が復旧したのだ。

「「あ」」

二人の視線と視線が交差する。

互いの瞳が大きく見開き、そして肌が赤く染まり……二人は反発し合う磁石のように離れた。

「い、いや……その……」

「こ、これはですね……」

由弦は慌てて脱いだ服を掴《つか》み、そして愛理沙は落ちていたタオルで体を隠しながら、慌てた口調で、弁明するように口を開いた。

「と、取《と》り敢《あ》えず、体は温まったな！」

「そ、そうですね！　これで、か、風邪は引きませんね！」

冷えていた体を温めるために、抱きしめ合った。

決して本能に流されたわけではなく、ましてや性欲に支配された行動ということはない。

互いに、決して不健全なことをしようとしていたわけではないと、弁明する。

「あ、新しいタオルを持ってくるよ」

「あ、はい！　お、お願いします！」

由弦はそう言って逃げるように駆けだした。

一方、残された愛理沙は肌を薔薇色《ばらいろ》に紅潮させ、座り込みながら、両手で体を抱きしめた。

その後、二人は殆《ほとん》ど会話をすることなく、就寝し……

何事もなく朝を迎えた。

お見《み》合《あ》いしたくなかったので、
無《む》理《り》難題《なんだい》な条件《じょうけん》をつけたら同級生《どうきゅうせい》が来《き》た件《けん》について２

著　　桜《さくら》木《ぎ》桜《さくら》

角川スニーカー文庫　22806

2021年９月１日　初版発行
2022年４月15日　４版発行

発行者　青柳昌行

発　行　株式会社KADOKAWA
〒102-8177 東京都千代田区富士見2-13-3
電話　0570-002-301（ナビダイヤル）

印刷所　株式会社KADOKAWA
製本所　株式会社KADOKAWA

●お問い合わせ
https://www.kadokawa.co.jp/（「お問い合わせ」へお進みください）
※内容によっては、お答えできない場合があります。
※サポートは日本国内のみとさせていただきます。
※Japanese text only

Printed in Japan　ISBN 978-4-04-111291-5　C0193

★ご意見、ご感想をお送りください★
〒102-8177 東京都千代田区富士見 2-13-3
株式会社KADOKAWA　角川スニーカー文庫編集部気付
「桜木桜」先生
「clear」先生

[スニーカー文庫公式サイト] ザ・スニーカーWEB　https://sneakerbunko.jp/

あとがき

初めましての方は初めまして。お久しぶりの方はお久しぶり。桜木桜《さくらぎさくら》です。

本書を手に取ってくださり、ありがとうございます。

一巻では主人公とヒロインが惹《ひ》かれ合うまでの話でしたが、二巻では二人が恋心を自覚するまでの話となっております。想《おも》いを自覚した二人がどうなるのか……三巻で描きたいと思います。

また、ヤングエースＵＰにて本作品のコミカライズが決まりましたので、もしよろしかったらそちらもご覧ください。

ではそろそろ謝辞を申し上げさせていただきます。

挿絵を担当してくださっているclear《クリア》様。可愛《かわい》らしい、素敵なイラストを描いてくださりありがとうございます。心より感謝いたします。

この本に関わってくださった全ての方、何よりこの本を購入してくださった読者の皆様にお礼を申し上げさせていただきます。

それでは三巻でまたお会いできることを祈っております。